Nouvelles

Les sorcières sont parmi nous

Les sorcières sont parmi nous

**Concours de nouvelles 2022
organisé par l'asbl PLAY AGAIN**

15 textes sélectionnés

© 2023 asbl PLAY AGAIN

Édition : BoD – Books on Demand, info@bod.fr

Impression : BoD – Books on Demand, In de Tarpen 42,
Norderstedt (Allemagne)
Impression à la demande

Illustration et mise en page : Play Again asbl
https://www.play-again.be

ISBN : 978-2-3221-8692-1

Dépôt légal : mars 2023

Table des matières

PLAY AGAIN EN QUELQUES MOTS

Chacun a le droit de se tromper. Chacun a le droit de recommencer !

Play Again signifie « Joue encore ! (re)joue ! » C'est l'injonction de l'association créée en 2018.

Un slogan qui fait « *l'éloge de la différence* », c'est l'intime conviction que faire se rencontrer des points de vue divergents favorise l'écoute, la tolérance et l'esprit critique.

Le fil rouge du « *respect et de la bienveillance* » dans tous nos projets, c'est une ambiance qui permet la rencontre, le débat et l'échange.

Une personne bienveillante est celle qui veille sur autrui, qui s'assure que tout le monde va bien et qui agit de façon appropriée pour que chacun se sente à sa juste place. Pourtant, d'aucuns se disent agacés par ce vocable qu'ils qualifient de niaiserie, de tarte à la crème. Nous serions, à leurs yeux, des bisounours inconscients des réalités de la vraie vie, ou encore de doux rêveurs qui prennent leurs désirs pour des réalités. Et quand bien même ?

Tout ce que je peux vous dire, c'est que ça fonctionne, car la bienveillance est un boomerang.

Créée pour promouvoir la liberté de penser, de choisir et de s'exprimer, Play Again aide les associations à animer leur communauté d'adhérents en créant des événements sur mesure : débats autour de spectacles, expositions ou conférences.

Grâce à son réseau et à une collaboration étroite avec celles et ceux qui partagent le même état d'esprit, elle aide également les artistes à se faire connaître, à être appréciés le plus souvent possible.

En organisant ce premier concours de nouvelles, nous avons voulu dépasser nos frontières et faire la connaissance d'auteur.e.s en francophonie. Et quel succès ! Les 15 textes réunis dans ce livret sont ceux qui ont récolté les suffrages enthousiastes de notre Comité de lecture parmi la soixantaine de nouvelles que nous avons reçues de France, Belgique, Canada, Italie, Polynésie française et Roumanie.

Pour plus de détails sur le concours, regardez sur YouTube : **https://youtu.be/VY1QD-f8X5g**

Encore toutes nos félicitations aux 15 auteur.e.s sélectionnés pour la qualité de leur texte et leur originalité. Je vous invite à les découvrir ci-après, classés par ordre alphabétique.

Très cordialement,

Josiane Wolff

Présidente

ZOE AUBRY

Les sorcières aussi prennent le bus

Je m'appelle Zoé, j'ai 23 ans et je suis une grande fan de sorcières. J'ai toujours été une grande lectrice et j'ai commencé à écrire des histoires au début du collège.

Au fur et à mesure, l'écriture a pris une telle place dans ma vie que j'ai entamé des études en création littéraire au Canada à la fin de mon lycée, ce qui m'a permis de publier mon premier roman en 2018: Les Ailes de Saliha.

Je travaille actuellement en tant que chargée de projets numériques au sein d'une maison d'édition de manuels scolaires et je rêve toujours qu'autrice soit mon métier. En parallèle de mon travail, je continue de beaucoup lire, d'écrire pour divers concours de nouvelles et autres projets d'écriture personnels.

Les sorcières aussi prennent le bus

Ma première réaction est l'étonnement. L'étonnement de la voir ici, coincée entre un petit rondouillard et un immense gringalet, sous le miteux abri cassé d'un arrêt de bus. Son visage est fermé, l'air boudeur. Visiblement, elle n'est pas à son aise. De temps à autre, elle lance des éclairs avec les yeux, lorsque son voisin la bouscule. Son chapeau est de travers sur ses longs cheveux couleur feuillage d'automne. Ceux qui l'entourent ignorent que ceci n'augure rien de bon. Chapeau de travers sur la tête de sorcière, mauvais présages pour l'hiver ! Je prédis une panne de chauffage pour ses voisins ou une épidémie de pull-overs troués. Mais, ce couvre-chef de travers ne lui confère pourtant en rien un air de méchante sorcière.

Les sorcières de l'ombre sont bien plus mauvaises et leurs punitions sont des souffrances éternelles ou pire... la mort. Par chance, elles sont rares et les sorcières de la lumière font plutôt bien leur travail, empêchant ainsi le monde de sombrer dans un véritable chaos où plus personne ne s'occuperait d'enlever les toiles d'araignées. J'ai croisé une fois ce genre d'être maléfique et je ne le recommande à personne. Ce sourire tout droit sorti des enfers hante encore mes pires cauchemars.

Ce qui m'étonne davantage dans cette sorcière qui se transforme petit à petit en crêpe entre les deux hommes, c'est que rares sont les sorcières qui prennent le bus. Enfin, sauf les sorcières de type 1 qui n'ont pas encore appris les arts et manières de monter à balai. On décompte quatre niveaux chez les sorcières : les novices, celles qui s'hydratent aux tisanes bio et brûlent de l'encens les fins de semaine, les qualifiées qui possèdent une collection de pierres un peu partout dans leur maison et s'adonnent à des rituels à chaque pleine lune, les confirmées qui concoctent potions magiques et sortilèges tout en parlant à leur chat, enfin les expertes qui sont carrément les piliers du monde magique, celles qui pourraient faire exploser la Terre en un claquement de doigts ou bâtir une nouvelle planète en mélangeant la soupe.

La sorcière de l'arrêt de bus est au minimum de type 3. Et d'après son teint cramoisi et ses pieds écrasés, je parierais presque sur l'explosion imminente de l'abri. Rien ne l'en empêcherait d'ailleurs. Ses occupants sont tellement tous agglutinés les uns aux autres qu'aucun d'entre eux ne serait capable de définir l'origine de la catastrophe. Et même s'ils savaient...

Au moment où je perçois d'inquiétantes vibrations dans sa cloison vitrée, un rire des moins rassurants retentit dans toute la rue. Un rire qui oblige notre sorcière à tendre l'oreille en même temps que le cou, pour s'extraire de son oppression, et découvrir, en même temps que moi, la source de ce rire. L'esclaffement s'élève dans le ciel à la vitesse fulgurante de sa propriétaire qui, perchée sur son balai, se retrouve si haut que n'importe qui la prendrait pour un oiseau.

Pas de doute là-dessus : c'est une sorcière moqueuse. Et à en juger par les narines de sa collègue désormais transformées en volcans en éruption, cela ne lui plaît pas du tout. Redoutant l'explosion imminente de la vitre, je recule prudemment de quelques pas quand le bus pointe enfin le bout de son nez sur l'avenue et parvient à son arrêt avant que le drame ne se produise. Les passagers montent dans le désordre. La sorcière, fulminante et transpirante, à son tour, sans payer. Je monte à mon tour dans le véhicule.

Deux pièces pour le chauffeur sans le moindre bonjour en échange. J'attrape difficilement la barre métallique aux milliers de bactéries juste avant un démarrage des plus brusques, projetant de ce fait, une partie des passagers vers le fond du bus.

Notre sorcière qui passe définitivement une mauvaise journée ne bouge pas d'un poil mais reçoit tout de même l'aisselle odorante d'un homme en trois pièces beiges à quelques centimètres de son visage, lui faisant plisser le nez de dégoût.

Une symphonie de rires aigus difficilement retenus s'échappe du fond du bus et je n'ai aucun doute quant à leur provenance. Deux jeunes sorcières, des novices, affichent des mines moqueuses et surprises envers leur aînée en si mauvaise posture. Elles sont sans doute des habituées du transport, option *Pass à l'année, réduction -25ans*. Parce que les novices ne se cachent pas aux yeux des humains, elles se fondent dans la masse, mélangeant leur culture à celle des autres, préparent leurs décoctions devant Gilmore Girls, purifient à la sauge blanche les ondes omniprésentes de leurs téléphones portables. Elles habitent au-dessus, au-dessous, un peu partout, vont à la fac de psychologie et travaillent à Leclerc pour combler les fins de mois. Elles se font des sourires bienveillants dans les bars, adulent Simone Veil et Frida Kalho, brandissent des pancartes faites sur le rebord de la cuisine pour insulter Polanski.

Je crois que ce sont mes sorcières préférées. Pour leur sororité et leur courage. Pour leurs mains tendues et leurs majeurs en l'air. Pour leurs sourires et leurs larmes. Pour l'avortement et l'indépendance. Des visages connus de tous aux anonymes furibondes, des faiseuses d'anges aux damnés de Salem, des femmes pirates et océanes aux aventurières des canapés, des provocatrices d'incendies aux as des retweet, des battantes aux douces, des électriques, des venteuses, des dresseuses de chats ou de tempêtes, des créatrices d'ouragans ou des endormeuses de rivières.

Peu importe leur place, elles font, pour moi, parties du spectre de l'espoir. Alors laissez rire les novices, laissez-les chanter si elles veulent, donnez-leur le monde, elles le parsèmeront d'erreurs faites de bon cœur. Laissez-les courir, laissez les danser. Laissez-les se moquer de leurs aînées, si sérieuses qu'elles en oublient parfois le bonheur sur le bord de la route. Moi je leur donne l'univers entier et mon âme dedans. Pour refaire, pour apprendre et tout recommencer et faire scintiller les étoiles toujours plus fortes.

Essayez ! Qu'avez-vous à perdre ?

Pour les autres, réjouissez-vous, car un brusque arrêt du chauffeur m'oblige à cesser mon plaidoyer. Les gens volent, se bousculent, râlent et de nouveaux passagers jouent des forceps pour se glisser à l'intérieur. La place commence à manquer tandis que le véhicule quitte le boulevard. Il s'élance sur les routes secondaires, loin des artères centrales et surpeuplées, direction la banlieue de la ville, les prémices de la campagne. L'horizon y demeure toujours voilé par le brouillard de la pollution.

Je jette un coup d'œil sur la carte du trafic placardée dans le fond du bus afin de savoir dans quelle direction nous allons. Je n'ai jamais emprunté cette route et je n'imaginais pas la prendre aujourd'hui. Mais la vie est pleine de surprises et de rencontres. Bercée par les légères secousses de la route, je me surprends à penser à mes premières rencontres avec les sorcières.

Sans aucun doute, les personnes qui m'ont élevée avaient quelques attraits pour la magie et ces choses qui font hausser les sourcils aux bien-pensants. Je ne les ai jamais vraiment nommées sorcières, car pour moi, ce sont avant tout des femmes. Des femmes qui ont pris soin de moi et des autres, qui m'ont appris la beauté et le pouvoir du monde qui nous entoure, à s'émerveiller devant les forêts mystiques, l'envol des oiseaux et le cycle perpétuel des saisons, à apprécier le mordant du froid qui fait rougir les peaux, la pluie qui fait pousser les champignons et les rayons du soleil qui rendent les fruits sucrés. On les surnommait *la tante folle*, *la grand-mère malade*, *la mère bizarre* et elles me couvraient les oreilles de leurs deux mains pour que je n'entende rien, ni les insultes, ni les critiques. Je tenais leurs vêtements du bout de mes doigts potelés sans comprendre pourquoi on osait dire à ces femmes qui étaient toute ma vie que mon éducation était bancale, tordue, étrange, inadaptée. Elles chantaient alors des comptines, répliquant par le sourire pour que la haine ne m'atteigne jamais. Alors oui, peut-être ai-je fini par devenir une inadaptée au système actuel. Mais qui souhaiterait être adapté à une société malade ? J'ai donc grandi dans un cocon restreint, dans une bulle sans hostilité.

J'ai longtemps cru que mes sœurs et moi étions des enfants à part, d'une famille à part. Et puis, lorsque nos pieds nous ont portées plus loin, lorsque nous avons usé nos semelles sur de nouveaux sentiers, nous les avons découvertes de nos grands yeux clairs. Des dizaines de sorcières en cueillette dans les bois, en leçon de vol sur leur balai dans le ciel gris, dans des commerces atypiques qui sentent la cardamome, au milieu des livres poussiéreux, le nez enfoui dans leurs boîtes à couture. Elles étaient belles par leur grandeur, belles par la confiance qu'elles nous inspiraient.

Nous ne sommes pas nées en pensant que nous étions comme elles. Nous avons toujours été autre chose, comme des oiseaux tombés du nid, recueillis par des mains chaudes. Nous avons reçu de l'amour et du savoir d'une communauté invisible chasseuse de monstres. Elles n'avaient pas envie de se battre ni d'être courageuses. Elles n'avaient pas eu le choix. Elles l'étaient. C'est tout.

Tandis que les routes deviennent sinueuses, le soleil déclinant nous martèle de ses rayons orangés et les éclats sublimes me font l'effet d'une bouffée d'oxygène. Les arrêts se font de plus en plus espacés et les passagers descendent plus qu'ils ne montent. L'habitacle se fait davantage vivable et, d'après le plan du trafic, nous parcourons désormais le dernier tiers de la ligne. La sorcière est toujours là ; elle s'est trouvé une place assise dans un coin. Je ne sais pas encore où son chemin me mène mais il me reste suffisamment de temps pour vous raconter ma première rencontre avec des sorcières plus expérimentées.

Ce n'était ni un hasard, ni une quelconque incantation avec une planche de ouija. J'ai plutôt tendance à croire que c'est le destin qui les avait mises sur ma route, comme une pleine lune au milieu des bois sombres. C'était un jour où la terre entière était grise et où le brouillard n'avait plus jamais l'intention de se lever. Les humains, inconscients, se promenaient encore dans les rues ou lézardaient chez eux en se disant que les bourrasques glaciales finiraient bien par souffler les nuages gris au loin. Mais les sorcières étaient déjà en branle-bas de combat. Les monstres dansaient sur les toits et peuplaient les cauchemars des enfants. Ils s'étaient enfuis du monde parallèle dans lequel ils avaient été enfermés il y a fort longtemps par ces sorcières puissantes.

Si personne n'avait veillé au grain, il ne leur avait fallu que quelques heures à ces dictateurs pour semer le chaos. Mais vous décrire davantage ces monstres me ferait prendre le risque de vous plonger à votre tour dans leur propre abomination.

Le ciel était bondé de leur présence malgré l'orage menaçant. Combien étaient-elles ? Des centaines sans doute. Elles étaient partout, aux quatre coins du monde, se battant à la sueur de leur front, enchaînant les sortilèges, attaquant, parant les coups. Elles se battaient comme des lionnes pour sauver une population qui n'avait même pas vent de leur existence. Elles se battaient comme elles l'avaient toujours fait, en 1914 et 1940, au milieu des croisades et des guerres d'indépendance, pour l'Irak, pour la Palestine, pour les prédictions mayas de 2012. Elles étaient du côté de la morale, des plus faibles, des bafoués, des laissés-pour-compte. Elles étaient pour l'humanité à l'heure où celle-ci était oubliée. Moi-même, elles m'ont sauvée !

Tandis que j'étais poursuivie par ces monstres qui voulaient se nourrir de mon âme, elles m'avaient cachée dans une grotte au milieu de la forêt, comme elles avaient caché les Juifs dans leur grenier. J'étais spectatrice de leurs efforts, les mains sur les oreilles pour étouffer les cris. Cette nuit-là, l'orage fut violacé, indigo et pourpre. Quelques-unes périrent au combat, frappées en plein vol ou vidées de toute énergie. Mais toutes ensemble, elles gagnèrent et sauvèrent les humains qui, pendant ce temps, dormaient sur leurs deux oreilles.

Au petit matin, le soleil se leva dans un ciel rose cotonneux aux effluves de sauge et de tisanes réparatrices. Elles se soignaient. De ma propre initiative, je passai la journée à errer dans la forêt, nettoyant les dégâts de la veille, secourant les blessées qui rentraient tant bien que mal chez elles, collectant les herbes médicinales pour les leur apporter. Je gardai le silence, le secret de leur combat, et elles m'en furent reconnaissantes. Rapidement, la vie reprit son cours et leur quotidien croise rarement mon chemin.

Peut-être, alors, vous demanderez-vous qui suis-je ? À quel groupe j'appartiens ? Suis-je une humaine ou une sorcière ? Permettez-moi de ne pas vous répondre. Les secrets ne sont pas faits pour être révélés. Je vous dirai simplement que notre monde n'est pas divisé en deux. Il n'y a pas les humains d'un côté et les sorcières de l'autre. Ce ne sont pas deux entités distinctes qui peuplent notre planète mais une diversité astronomique qui en compose l'essence même. Voilà la différence. Il n'existe pas de place prédéfinie mais il existe certaines personnes qui possèdent ce don ou ce trait d'esprit de se battre non pour diviser mais pour unir. De ce fait, les sorcières ne sont pas si loin, elles sont parmi nous, sans doute plus proches que vous ne l'imaginez. Et elles veillent pour la paix et la justice.

Le chauffeur s'arrête. *Terminus*, annonce-t-il. Le bus est calme, presque vide, bercé par l'oscillation de la route. Les derniers passagers descendent et le véhicule s'éloigne. Tous partent dans des directions différentes sous les halos blanchâtres des réverbères de la banlieue. À combien de kilomètres de chez moi suis-je ? Dans combien de temps passe le bus retour ? Aucune idée. Mais je découvre enfin pourquoi une sorcière de type 3 a pris le bus aujourd'hui. Alors qu'elle se pense seule, elle retire son chapeau dessous lequel apparaît la toute petite bouille mal peignée d'un petit chat tout noir aux grands yeux jaunes.

Un chat qui a le vertige ! Quelle histoire ! Rappelle-moi de ne plus jamais t'amener nulle part. Ou alors on ira à pied ! lui reproche-t-elle.

Je ne parle pas le chat mais je suis pratiquement sûre de voir de la culpabilité et des excuses dans les yeux soleils du félin. La sorcière le descend de sa tête et lui appuie doucement sur le nez pour lui dire qu'elle accepte ses excuses et qu'elle ne lui en veut pas. Tous deux s'éloignent et disparaissent. Le mystère désormais résolu, il est temps pour moi de rebrousser chemin.

Mais n'oubliez pas, si un jour votre solitude vous pèse trop fort, chuchotez à voix haute vos soucis. Une sorcière se cache peut-être à vos côtés et pourra vous aider.

Ce n'est pas parce que vous ne la voyez pas qu'elle n'existe pas. ■

JEAN BARRAUD

Le son des Balkans

J'ai 54 ans, je suis aide-soignant dans un hôpital psychiatrique et je vis dans les Pyrénées Atlantiques.

Amoureux de ces belles montagnes que je parcours de façon régulière à pieds ou en vélo, il n'y a qu'en altitude, au contact de cet univers minéral, que mon esprit trouve une forme de sérénité.

À côté de ça j'écris beaucoup, je prépare un recueil de nouvelles fantastiques et participe à des concours et des appels à textes. L'exercice ne me réussit pas trop mal puisque j'en suis à une dizaine de textes publiés dans des ouvrages collectifs. Au risque de surprendre je ne lis pas beaucoup, je puise d'abord mon inspiration dans ce que j'observe autour de moi.

Je terminerai par une pensée pour mon épouse et mes deux filles, sans lesquelles je ne serais rien.

Le son des Balkans

Une pluie fine mouillait le pare-brise que l'essuie-glace jamais remplacé chassait en couinant. La voiture s'arrêta à un feu, ne repartit qu'aux klaxons impatients des voitures derrière. Stefan conduisait par automatisme, l'esprit ailleurs, accablé par la tragédie. Il ne parvenait pas à intégrer la nouvelle, comme si la chose lui était impensable, irréelle.

Parvenu à destination il se gara devant le studio d'enregistrement, courut jusqu'à l'entrée pour éviter une averse, l'étui de guitare à la main. À l'intérieur il rencontra Zoran, l'ingénieur du son, en train d'utiliser la machine à café.

— T'es au courant ? lui lança celui-ci.

— Oui, c'est affreux.

— Merde, mais comment c'est possible ?

— J'en sais rien, les autres sont là ?

Zoran lui désigna la pièce au bout du couloir où les membres du groupe se réunissaient pour leurs compositions musicales. Il découvrit des mines aussi livides que la sienne, un silence de mort dans ce lieu normalement animé, les instruments muets, posés à terre ou sur leurs supports. Stefan interrogea Nikola qui releva le nez de son smartphone :

— On en sait davantage ?

— Ça s'est passé dans le parc national de Kopaonik, des bêtes sauvages. Les gardes ont d'abord cru à une attaque de loups mais vu les blessures ce serait plutôt un ours.

— Un ours ?

— Elle... elle a eu la tête arrachée.

— Nom de dieu !

Stefan s'effondra sur une chaise.

— Et son copain ?

— Tué aussi. Le journaliste dit que c'était une vraie boucherie.

Ana, cette pauvre Ana, morte de cette façon, quelle horreur ! Elle adorait la randonnée, ce n'était pas la première fois qu'elle partait sac sur le dos pour plusieurs jours.

— J'ai du mal à le croire, ça n'arrive jamais ces choses-là.

— Faut croire que si.

Un drame humain mais aussi un drame pour le groupe. Ana était la chanteuse des Lude Veštice depuis de longues années ; une présence rayonnante sur scène, une voix inégalable, allaient-ils s'en remettre ? Comme s'il partageait le cours de sa pensée, Ranko, le batteur, s'exprima un peu gêné :

— Comment on va faire pour le groupe ?

— Tu crois que c'est le moment ? le tança Nikola.

Stefan vint à sa rescousse.

— On est tous choqués mais Ranko a raison. On a des engagements, un gros concert à Novi Sad dans trois semaines. Soit on se sépare, on annule tout, soit on continue. À chacun d'y réfléchir.

La fille termina par une fausse note qui résonna douloureusement dans les oreilles de Stefan. Elle avait l'air pourtant contente d'elle, retira le casque en interrogeant du regard ses deux juges derrière la vitre de la régie.

— Merci, c'était très bien, mentit Nikola, on te rappellera pour te donner notre décision.

Il attendit qu'elle sorte de la pièce pour se tourner vers Stefan, dépité.

— Putain c'était nul !

— Une catastrophe.

— Combien il en reste ?

Stefan consulta son carnet.

— Une seule.

— Bon, si ça va pas on gardera la troisième. C'était la moins mauvaise.

— Tu plaisantes ? Tu veux qu'on passe pour des blaireaux ? On commence à peine à se faire un nom et tu veux nous mettre une casserole au chant ?

— Il nous faut bien quelqu'un !

— Oui, mais pas n'imp...

L'arrivée dans la salle d'enregistrement de l'ultime candidate l'interrompit. Il se redressa de son siège pour mieux la voir, en même temps son ami s'exclama :

—Waaoh !

Pas de doute, une bombe venait de faire son apparition, le genre de créature à damner un saint. Une beauté sans pareille, habillée à la manière gothique ; bottes en cuir jusqu'à mi-cuisses aux talons compensés, justaucorps en dentelles savamment déchiré, yeux fardés à l'excès. Stefan avala sa salive, se pencha sur le micro de la régie :

— Heu... bonjour.

— Bonjour.

— Slavica, c'est bien ça ?

— Oui.

Elle avait un timbre grave, profond.

— Bien, tu as les paroles sur le pupitre. Mets le casque pour l'accompagnement et approche-toi du micro.

Il n'y a pas de mots pour décrire le ravissement qu'éprouvèrent alors les deux hommes, éblouis par une voix où pas un écart ne transparaissait. Ils auraient dû être dérangés par la gamme des octaves beaucoup plus basse que celle d'Ana, au contraire, ils tombèrent sous le charme de la puissance qui s'en dégageait. Les autres concurrentes étaient restées statiques, celle-ci ondulait les hanches avec grâce, bougeait langoureusement bras et mains. Elle dût les sortir de leur sidération à la fin de sa prestation, sourire au coin des lèvres :

— Alors ?

— Pa... parfait, c'est parfait, bredouilla Stefan.

Nikola emboîta :

— Tu chantais où avant ?

— Un petit groupe de province, pas connu. Je veux me produire en ville maintenant.

— Alors bienvenue chez les Lude Veštice !

— Super, répondit-elle sans explosion de joie.

Slavica apprit le répertoire du groupe avec une facilité déconcertante, rassurant les musiciens qui craignaient qu'elle ne soit pas prête à temps. Admiratifs du professionnalisme de leur nouvelle chanteuse mais un peu décontenancés par son caractère. Ana était une femme enjouée, heureuse de vivre, Slavica s'épanchait peu, réservée, presque froide. Les blagues ne la faisaient pas rigoler, quelquefois elle affichait un regard dur qui semblait sonder l'âme de son interlocuteur.

Ils mirent ça sur le compte de la timidité en se disant qu'elle finirait par se détendre, qu'il fallait lui laisser le temps de s'intégrer. Le plus important restait qu'elle fasse le job, l'échéance de Novi Sad approchait à grands pas.

Seul Stefan paraissait avoir sa confiance, voire son intérêt. C'est à lui qu'elle s'adressait en priorité pour ses demandes, toujours à ses côtés lors des répétitions. Difficile de savoir si ça venait de sa position de leader du groupe ou parce qu'il était beau garçon. Quoi qu'il en soit Stefan ne demeura pas insensible à l'attention soutenue que lui portait Slavica. Qui l'eut pu tant elle était d'une beauté foudroyante ? Il tomba dans ses bras un soir où ils jouèrent plus tard que de coutume, sans bus pour la ramener au domicile et où il se proposa. Quand il s'enfonça en elle, un abîme déraisonnable de passion l'engloutit.

Ensuite les événements se précipitèrent. Au niveau de sa vie affective Stefan rompit avec sa petite amie, balaya tous leurs projets pour se lancer dans une liaison avec la ténébreuse Slavica. Le concert de Novi Sad fut un franc succès, les articles de presse se relayant pour célébrer « *la présence envoûtante d'une chanteuse hors du commun* ». Une soudaine notoriété qui leur ouvrit les portes du plus important festival de musique folklorique, prévu à Belgrade pour l'été.

Revers de la médaille, des tensions apparurent au sein du groupe. Slavica commençait à interférer de plus en plus dans l'orientation musicale. Déjà, par son timbre de voix si particulier, elle avait amené naturellement les chansons dans des registres moins légers. Certaines en étaient même devenues tragiques, déchirantes, totalement habitées par sa personnalité. De rock folklorique plutôt festif, les Lude Veštice avaient dérivé vers des rivages austères empreints d'influences traditionnelles issues du fin fond des Balkans. La métamorphose ne se fit pas sans résistance. Si Stefan, le jugement brouillé par sa belle, n'y trouvait rien à redire, le trompettiste finit par se rebeller. Le fait est qu'il était réduit à une portion congrue des arrangements, son instrument délaissé. En pleine répétition le clash fut violent, le verbe haut. Furieux, Josif claqua la porte en maudissant la remplaçante d'Ana.

Son départ fracassant affligea beaucoup Stefan. Le soir, dans l'appartement partagé avec Slavica, il ne cessait de revenir sur l'incident en cherchant des solutions pour faire revenir Josif.

Assise dans un fauteuil, elle l'écoutait en silence, verre de raki à la main, ses longues jambes gainées de cuir croisées l'une sur l'autre. Quand enfin il se tut, elle prit la parole :

— Ça tombe bien qu'il soit parti.

— Quoi ?

— La trompette n'a rien à faire dans notre musique. Elle est dérisoire, ridicule.

— Bon sang Slavica, Josif a toujours été là !

— Justement, il est temps d'évoluer, d'aller vers quelque chose de plus authentique.

— Authentique ?

— Oui, en harmonie avec la terre, le vent, l'eau des rivières.

Il se servit un verre de raki à son tour.

— Je ne te suis pas.

— La musique n'est pas qu'une distraction Stefan, elle doit emporter les esprits.

— Ça d'accord.

— Nous allons donc remplacer la trompette par la guzla, je connais une amie qui en joue parfaitement.

— La guzla ! Tu veux nous faire revenir au moyen-âge ?

— Ne dis pas de bêtise et fais-moi confiance.

Elle se leva, posa ses lèvres de braise sur la bouche vaincue de son homme.

Autant Slavica restait sur de vieux principes concernant la musique, autant son apparence vestimentaire respirait la modernité. Tout le contraire de son amie Kristina qu'on crut venir d'une autre époque : des cheveux enroulés en nattes au sommet du crâne, un gilet échancré sur un chemisier blanc, une longue jupe s'arrêtant à mi-mollets recouverte d'un tablier joliment brodé ; en tout point l'ancien costume des régions reculées de Serbie. Également d'une grande beauté, plus avenante que celle de Slavica mais avec le même regard dur.

Quand cette dernière la présenta au groupe, elle leur spécifia que Kristina était muette de naissance. Un handicap qui interrogea, mais pas longtemps dès qu'elle se saisit de sa vièle à une corde dont le manche se terminait par une curieuse tête de bouc. Les accords qu'elle tira alors avec son archet plongèrent l'assistance dans une profonde mélancolie, les notes allant caresser des fibres sensibles, fouiller l'intimité de chacun. Dernière pierre de la transformation musicale des Lude Veštice...

Les doutes sur l'accueil qu'en ferait le public disparurent au fur et à mesure des petits concerts donnés ici et là. À chaque fois les gens demeuraient captés, attentifs durant les morceaux calmes, survoltés quand le rythme s'accélérait. Car le répertoire du groupe comprenait toujours des chansons dynamiques, non plus rock mais de type gigues ou farandoles, entraînantes, où il était quasi impossible de rester en place. Dans ces moments trépidants l'archer de Kristina volait sur la guzla tandis que sa consœur déployait toute l'étendue de sa voix.

Vint le grand festival de musique folklorique du pays, une consécration. Dans la loge où ils étaient tous réunis avant de monter sur scène, pétris de trac, Slavica sortit de son sac une bouteille remplie d'un liquide doré.

— Mes amis, c'est un grand soir, exceptionnel. J'ai apporté une boisson de mon village, c'est ce que buvait les anciens pour se donner du courage.

Légèrement alcoolisée, au fort goût de gentiane, la bouteille fit le tour des six membres du groupe, repoussée d'un geste par Kristina. Un breuvage suave en bouche, qui une fois avalé ne tardait pas à enflammer l'intérieur.

Au signal donné ils montèrent sur l'estrade, accompagnés d'une immense clameur. Jamais les Lude Veštice n'avaient joué devant une foule pareille ! Vu son importance le festival se tenait à l'extérieur où une lune orangée, parfaitement ronde, s'inscrivait dans le ciel avec la tombée du soir.

Nikola ouvrit le bal par une introduction à la clarinette, rejoint par la voix hypnotique de Slavica, puis Ranko frappa fort sa batterie qui lança véritablement leur prestation. Ils débutèrent par une danse énergique de Macédoine. Déjà des duos se formaient entre spectateurs, bras dessus bras dessous, qui tournoyaient en riant aux éclats.

La chanson suivante continua d'entraîner le public, assemblait et désassemblait des grappes de gens surexcités. Le retour au calme ne se fit qu'au tempo lent d'une mélodie introduite dans le répertoire par Slavica, toute de noir vêtue. L'entrain collectif fut alors coupé net par la guzla, bouleversante, qui surmonta les instruments, sur laquelle se fondit un chant aux intonations étrangement rauques. Soudain Stefan eut chaud malgré l'air frais, une chaleur irradiant du ventre, gagnant la tête. L'impression aussi que ses doigts qui couraient sur le manche de la guitare ne lui appartenaient plus, voilà qu'il ne reconnaissait une traître note ! Troublé, il observa ses collègues visiblement dans le même état, emportés à leur corps défendant par une musique inconnue.

Slavica s'était avancée au plus près du public, maintenant figé, les bras tendus vers la voûte nocturne. Elle proférait des paroles incompréhensibles ressemblant à du vieux slave. La guzla grimpa dans les aigus, scia les tympans à rendre fou.

De cette confusion émergea de la foule cinq jeunes gens qui montèrent sur scène, sous le nez d'un service d'ordre totalement passif. Marchant comme des automates, ils formèrent un cercle au centre duquel se plaça Slavica. Sans crier gare, Kristina projeta de toutes ses forces sa vièle qui s'éclata au sol ! Aussitôt les musiciens cessèrent de jouer, incapables de bouger un doigt, pétrifiés. Seul Ranko martelait la grosse caisse de coups sourds : boum, boum, boum...

Stephan avait la sensation d'être englué dans un cauchemar, il assistait aux événements mais ne pouvait mobiliser aucun de ses muscles. Les jeunes gens, trois garçons et deux filles, entreprirent alors d'ôter leurs vêtements un par un jusqu'à être complètement nus. Slavica s'approcha, d'un mouvement rapide de sa main où pointaient des ongles démesurément longs trancha la gorge d'un premier. Un flot de sang jaillit. Stefan voulut hurler, intervenir, mais il demeurait impuissant telle une statue de pierre ! Sa compagne meurtrière passa au second, puis au troisième, égorgea sans sourciller les cinq jeunes gens qui attendaient, absents, leur funeste sort.

Boum, boum, boum... À l'unisson le public s'était mis à scander :

— Slava tebi satano !

Les ruisseaux écarlates qui s'échappaient des cous tranchés ne se dispersèrent pas, se réunirent pour s'agglutiner au milieu des cadavres ; flaque visqueuse de plus en plus épaisse. Cette écœurante masse liquide grossit encore, par un phénomène inexplicable commença à frémir, progressivement à s'animer. Kristina avait rallié Slavica et toutes deux se prosternèrent, fronts contre terre. Boum, boum, boum...

— Slava tebi satano !

La nappe sanguine se redressa, haute, énorme, continuant de s'alimenter du flux des victimes exsangues. Elle avait l'apparence d'un humain mais n'en était pas, mélangée à une forme bestiale où des cornes torsadées saluaient fièrement la pleine lune. ■

MARC BRETON

Une sorcière à la mode

Je suis né à Moulins dans le Bourbonnais il y a maintenant 75 ans et j'y réside encore. Professeur des écoles à la retraite, le besoin d'écrire ne me taraude que depuis 5 ans. Je participe à des concours régulièrement et une bonne dizaine de mes nouvelles ont été publiées.

Pour 2021- 2022 édition papier : le lecteur du val (Bibliothèque du Lauragais) - LiberEdition (Vous avez dit bizarre) - Édition pré texte (l'arbre au futur - La fabrique de la Cité (la ville de demain) - j'écris j'médite (phrase imposée) - Le village du livre de Fontenoy, la joute (métamorphose).

1er prix au concours du Rotary Club de Bourges, 3ème prix au concours des villes d'Avermes et de Laudun, édité aux concours des amis de la Cité (Espace de Toulouse), de la Maison Guerlain (Cherche Midi)…

Une sorcière à la mode (1ère place du concours)

Monsieur Boursac appréhendait le comité d'entreprise qui devait se tenir dans quelques heures. C'était pour lui une routine, un moment de vie de l'entreprise. Des discussions âpres, complexes, s'éternisaient, le ton montait, le chemin de l'entente semblait étroit. Pourtant, tard, dans la soirée, cela se terminait par une signature, par une poignée de main. Chaque camp avait eu l'impression d'avoir gagné, d'avoir fait plier l'autre. Monsieur Boursac était un redoutable négociateur, il ne lâchait, à peu de choses près, que ce qu'il avait prévu.

Mais ce soir, il ne lâcherait rien, il n'avait rien à lâcher. Il fallait qu'il annonce la mise en redressement prochaine de son entreprise. Dans le grand bureau, il irait s'asseoir tout au bout de la grande table, il tournerait le dos au mur où sont accrochés les portraits du grand-père, le fondateur, et celui de son père. Il attendrait le silence pour annoncer : « *Tout est fini* ».

Il se décida à écrire un petit texte pour tenter d'expliquer la conjoncture actuelle. Son stylo ne glissait pas sur la page blanche. Il savait illusoire de rendre acceptable une perte d'emploi.

La réunion commença vers 17 heures. Il salua tout le monde comme à l'habitude. Dans un silence trop pesant, il tapotait sa feuille de papier sur le bureau, il l'ouvrit, la parcourut et la referma. Pourquoi débiter ces banalités ? Il la glissa dans la poche intérieure de sa veste et dit :

—Cette année, c'est à vous de tirer les premiers. Qu'elles sont vos réclamations ?

Le secrétaire du syndicat prit la parole pour annoncer qu'au-delà des négociations salariales et de l'amélioration des conditions de travail, les ouvriers voulaient être éclairés sur l'avenir de l'entreprise.

Monsieur Boursac murmura, sans regarder l'assemblée : « *C'est simple, il n'y a pas d'avenir pour l'entreprise.* » Il se redressa et se sentit soudain beaucoup plus à l'aise. Il laissa entendre qu'on devrait plutôt parler des indemnités de licenciement.

Personne ne semblait vouloir prendre la parole. Il ajouta donc qu'il pensait que l'on avait quatre ou cinq mois pour se préparer à une fermeture définitive. Dans un brouhaha de commentaires indignés, une voix s'éleva :

—Et la nouvelle collection ! On a mis au point une collection exceptionnelle ! On n'avait jamais fait aussi bien avant. Nos futures nuisettes, nos shorties « Inspiration Automne » sont de toute beauté.

—La nouvelle collection, il y a seulement six mois, j'y croyais fort, j'y avais mis beaucoup d'espoir. La jeune styliste ne m'a pas déçu, elle a fait, je le reconnais un travail remarquable. Mais la conjoncture fait que nous vendons de moins en moins. Une déléguée de l'atelier de conditionnement et d'expédition vint confirmer les dires.

Elle expliqua que la baisse était constante depuis au moins cinq ans, mais que, depuis le début de l'année, la chute était spectaculaire et qu'on avait perdu beaucoup de parts de marché.

Monsieur Boursac releva la phrase :

— Non ; on n'a pas perdu des parts de marché, mais c'est le marché qui a perdu ses parts. Le moyen de gamme ne se vend plus. Fin de règne pour les boutiques du centre-ville et des centres commerciaux, où nos articles avaient une belle place. Avec la covid-19, le chiffre d'affaires du secteur a beaucoup chuté. Et il n'y a pas eu la reprise attendue. L'atmosphère anxiogène qui règne encore imprime un aspect négatif sur les ventes. Regardez les jeunes autour de vous, ils n'achètent plus de moyens de gamme neufs, ils préfèrent prendre de l'occasion, du soldé ou des marques moins chères.

— Patron, on a déjà connu des hauts et des bas. A chaque fois, on a fait le dos rond et on a rebondi. Les gens vont bien continuer à s'habiller et les filles vont bien continuer à porter une petite culotte.

La réflexion détendit un peu l'atmosphère. Une jeune déléguée se leva et déclara :

— A mon avis, cette fois, il ne faut pas faire le dos rond, il n'y aura pas de miracle, ni la plus jeune des fées, ni la plus vieille des sorcières ne peuvent nous aider. Aujourd'hui, il faut surfer sur Internet, il faut avoir un engagement éthique, écologique, parler du recyclage, du développement durable. Nous on ne le fait pas ou mal. Il est sans doute trop tard pour amorcer le bon virage.

Quelqu'un blagua en parlant des gourous africains de plus en plus à la mode. Un autre parla des chefs d'Etat qui ne prenaient pas une décision importante sans l'avis de leur voyante attitrée. Mais cela retomba vite, l'ambiance était à la morosité.

Le secrétaire du syndicat proposa de reporter la réunion à une date ultérieure. Il voulait réunir les ouvriers pour aborder le problème des conditions de licenciement. Aujourd'hui, les revendications sur les conditions de travail n'avaient plus beaucoup de sens. Le plus ancien de l'assemblée se leva, fit un geste pour que chacun reste assis et s'adressa au patron.

—Patron, on se connaît bien et vous savez que j'ai bien connu votre père. Je pense qu'il n'aurait pas baissé les bras si vite. Il n'aurait pas consulté une voyante, ni une sorcière, ni un gourou d'Afrique, mais en vrai croyant, il aurait cru un miracle possible. On a cinq mois devant nous. Nous, on va faire notre boulot, notre taf, comme disent les jeunes et je ne doute pas, que vous, vous allez remuer ciel et terre comme votre papa l'aurait fait.

Il fixa les portraits et affirma : eux ils l'auraient fait, ils auraient essayé de résister dans la confiance. Vous comprenez de quelle confiance je parle.

La semaine suivante, Monsieur Boursac montait à Paris. La phrase du vieux syndicaliste tournait dans sa tête ; il fallait remuer ciel et terre, comme ils l'auraient fait, avec confiance.

Cette allusion à la confiance n'était pas innocente, il la comprenait bien. Le vieux syndicaliste savait bien qu'il était issu d'une vieille famille protestante. Il entend son grand-père dire : « *Confie à Dieu ta route, lui seul sait ce qu'il te faut* ». Il ne voyait pas ce que Dieu pourrait faire pour lui dans la conjoncture actuelle. Mais il allait consulter. Il aurait au moins essayé.

Son manque de conviction le mettait mal à l'aise. Il savait d'avance que les chambres de commerce allaient lui parler d'audit, de cabinets d'experts ; des solutions onéreuses et trop lointaines. Il visita aussi quelques bureaux de style qui ne lui prêtèrent que peu d'attention. Mais chez Try Creative Mode, il fut reçu d'une manière fort sympathique et on admira sincèrement sa nouvelle collection. On lui proposa, à prix d'or, un gros magazine qui présentait avec presque deux années d'avance, les tendances pour les saisons à venir. On comprenait bien son problème, et sa réticence sur le prix ; mais on lui expliqua bien que leur bureau était très sérieux et qu'il ne travaillait pas au doigt mouillé ou avec des cartomanciennes. Ils utilisaient des méthodes scientifiques fort coûteuses. Il les remercia et plaisanta en restant sur le thème de la magie en disant que finalement, il se demandait s'il n'avait pas plutôt besoin d'une sorcière. Quand, désabusé, il franchit la porte du grand hall, une voix retentit. On l'appelait.

— Monsieur, monsieur, vous m'avez beaucoup ému. Moi, j'en connais une de sorcière et je suis presque sûre qu'elle pourra vous aider. Elle lui tendit un sticker, voilà son adresse et son téléphone.

Une sorcière, au vingt et unième siècle, Boulevard Saint-Michel, en plein Paris... Difficile à croire. Il était un homme trop rationnel pour prêter oreille à ces balivernes. Un peu de respect pour les ancêtres qui se retourneraient dans leur tombe en apprenant que l'on confiait l'avenir de l'entreprise aux forces du mal ! Il regarda le petit papier et se surprit à sourire en le mettant dans sa poche alors qu'il aurait dû le froisser et le jeter dans la première corbeille à papier. Finalement, cela mettait un peu de bonne humeur dans les journées moroses qu'il vivait. Il s'imaginait proclamant à la prochaine réunion : « *Messieurs les Délégués syndicaux, je suis monté à Paris et j'ai rencontré une excellente sorcière qui prend en charge notre Marketing* ».

Le lendemain matin, quand il appela le numéro de téléphone qu'on lui avait confié, il se répétait, pour balayer sa honte, que ce n'était que par simple curiosité. Il était à deux pas d'une sorcière, il fallait bien qu'il se rende compte à quoi cela ressemblait. L'antre se situait au dernier étage d'un bel immeuble haussmannien, loin de la rue Mouffetard ou de la rue Broca. L'ample escalier qu'il emprunta déployait un bel éventail de marches en bois clair couvert en son milieu d'un chemin de velours vieux rose. Il se tenait bien droit devant la porte attendant un phénomène paranormal qui ne venait pas. Le palier ne s'éclairait pas de lui-même et il allait falloir qu'il appuie sur le bouton de la sonnette avec son doigt pour pouvoir espérer que la porte s'ouvre. Courage, la sorcière est là, toute proche, il appuya. Une très jeune fille l'invita à entrer.

—Bonjour, mademoiselle, j'ai un rendez-vous pour dix heures.

—Exact, et nous vous attendions. Allez dans le bureau, la porte que vous voyez là-bas.

La porte du bureau, c'était mieux que la porte du placard à balai. Il trouva étonnant que les sorcières aient maintenant des secrétaires. Mais pourquoi pas ? L'appartement était propre, pas de toiles d'araignée centenaires. Ces dames ont fait des progrès sur la notion de ménage. Il pénétra dans le bureau, qui aurait dû être le cœur de l'antre, il regardait à droite et à gauche, à la recherche de bocaux empoussiérés, de chauves-souris séchées, de rats et de crapauds dans le formol, de corbeaux empaillés, de bouquets de tanaisie ou d'achillée. Rien de tout cela, et le comble, le petit chat peureux qu'il venait d'apercevoir n'était même pas noir. Cela allait un peu trop loin dans l'abandon des traditions. Il allait de surprise en surprise, la jeune fille qui venait de le rejoindre était celle qui lui avait ouvert.

— Alors expliquez-moi votre problème ?

Le « *nous vous attendions* » de tout à l'heure était une façon de parler. Cette jeunette ravissante, ce n'était pas la secrétaire, mais bel et bien la sorcière. Pas de nez crochu, pas de bandeau sur l'œil, des cheveux ondulés propres et un regard franc... Tout se perd. Cela le confortait dans l'idée d'une simple arnaque. Cette créature ordinaire, allait-elle prétendre posséder le moindre pouvoir ! Il l'imaginait plus se déplaçant sur une trottinette électrique que sur un manche à balai.

—Mon problème concerne l'avenir de mon entreprise. Mais vous n'êtes peut-être pas voyante ?

—L'avenir, je le connais, je le fabrique.

La formule était belle, mais il ne voyait pas ce que cela voulait dire. Il ouvrit son attaché-case et sortit délicatement quelques articles de sa nouvelle collection.

—Mon problème est le suivant : est-ce que cela va se vendre ?

Après un court instant d'hésitation ou de réflexion, la jeune fille s'empara d'un shorty et d'une nuisette. Elle les tripotait, les froissait, les malaxait avant de les étaler sur le bureau faisant mine de les repasser avec sa main. Maintenant, elle les sentait longuement et s'en caressait délicatement les joues. C'était sans doute ainsi que se déroulaient les incantations modernes. Ses lèvres bougeaient, mais aucun son n'en sortait. Des incantations silencieuses ! Il ne savait que penser. Finalement, elle se coiffa du shorty et, le sourire aux lèvres, elle alla faire quelques mimiques devant une glace.

Une vraie gamine, pensa-t-il. Il savait bien que les sorcières n'existaient pas ; il admettait qu'il avait failli y croire un instant, mais là c'en était trop ; il était grand temps de ranger, de mettre fin à cette mascarade. Quand Il prit une chemisette abandonnée sur la table, la viscose lui parut encore plus froide que d'habitude. Il prenait conscience que son ultime espoir s'envolait. Il allait bientôt refermer son sac et ce serait le clap de fin.

La jeune fille se rapprocha et posa la main sur son bras comme pour le retenir. Il ne réagit pas.

—J'aime bien le toucher peau de pêche de vos articles, la finition est soignée, les couleurs plutôt agréables et dans les tons de la prochaine saison, mais... Mais pour que je vous vende cela à des dizaines de milliers d'exemplaires, il me faudrait quelques modifs.

Il eut l'impression qu'elle avait un peu remué le bout de son nez avant d'affirmer qu'Il était possible qu'ils puissent faire affaire. Il sourit ; cela lui rappelait une vieille série de la télé américaine. Elle l'invita enfin à s'asseoir et s'assit en face de lui. Elle débarrassa sa tête du shorty et devint sérieuse.

— Il faut un article qui se démarque, il lui faut un nom accrocheur. « *J'ai acheté un Boursac* » ça ne matche pas. Il faut un fin logo, vous voyez, genre crocodile ou genre la virgule de Nike. Un truc discret que l'on va broder en fil brillant sur chaque article. Dans un paysage concurrentiel où une nouvelle marque émerge chaque jour, il faut une identité visuelle forte. Il faut qu'en se regardant dans une glace la jeune fille se dise : «*Moi, j'ai un...*» Le nom est à trouver. A propos le prix ? Il parla de 19,90€ ce qu'elle ne trouva pas assez cher. « *Pour que la jeune fille soit fière, il faut que cela lui ait coûté un peu* ». Elle fit un peu allusion aux ventes qui se feraient avant tout sur Internet comme si cela allait de soi.

Monsieur Boursac ne parlait pas. Le ciel lui tombait sur la tête. Il acquiesçait sans trop réfléchir. La soi-disant sorcière se releva et prenant un autre article, elle virevolta un peu dans la pièce et revint s'asseoir.

—Autre chose, regardez-moi cette ridicule petite étiquette que vous avez mise. Il en faut au moins trois et assez grandes et en papier recyclé. Nous vendons un article sérieux qui communique avec le client. Il faut une « *éthiquette* » pour parler de votre engagement éthique, parler d'une fabrication, innovante, responsable et la moins impactante possible sur l'environnement. Il en faut une autre pour parler du recyclage et puis il faut rendre bien plus visible que cela est fabriqué en France. La troisième, la classique sur la composition, le lavage etc. on l'a déjà. J'ai oublié de vous demander quel débit vous pensiez pouvoir assurer.

Comme elle le regardait dans les yeux, il parla de quelques milliers d'articles ce qu'elle trouva largement insuffisant.

— On se revoit bientôt avec des réponses concrètes, je m'occupe du nom et du logo, vous des étiquettes et surtout vous m'avancez un chiffre acceptable pour votre production, vous boostez au max. Aujourd'hui, il faut assurer que la commande sera livrée dans trois ou quatre jours au plus.

— Oui, bien sûr et je vous dois combien ?

On va dire que notre première rencontre est gratuite. On se revoit dans trois semaines. Mais si on fait affaire, on parlera tarif, ça dépendra du nombre de post, de stories et de live que je ferai et donc ça dépendra de votre capacité à produire. Rassurez-vous, je débute et donc je ne suis pas très chère.

Au moment de franchir la porte, il osa demander :

—Dites-moi, êtes-vous vraiment sorcière ?

— Sorcière, si vous voulez, mais aujourd'hui on dit plutôt influenceuse. ∎

MARIE BRUNELM

D'âme en âme [1]

Marie a passé des années à enseigner aux autres comment développer leur créativité et trouver leur voix avant de prendre ses propres conseils au sérieux.

Depuis, elle navigue entre la plupart des genres de la SFFF, et surtout dans les zones d'ombre entre eux.

Elle essaie aussi sans succès de convaincre ses chats d'écrire à sa place.

---

[1] *L'autrice souhaite attirer l'attention sur deux thèmes abordés au cours du texte : le suicide et la mort d'un enfant.*

D'âme en âme (2ème place du concours)

Je veux, non, je dois laisser ici une trace de qui je fus. Ces mots sont très probablement destinés à disparaître aussi vite que mon passage sur Terre a été long, mais je nourris l'espoir tenace que quelqu'un comme moi trouve ce témoignage et comprenne qu'iel n'est pas unique, qu'un « nous » est possible.

Ma mémoire traverse les siècles depuis ce jour funeste où un homme a décidé que je devais mourir. À peine ai-je eu le temps de rassembler quelques ingrédients qui n'avaient d'intérêt que leur présence à portée de main. Les mots ont fui ma bouche, alors j'ai puisé au fond de moi et les ai arrachés un à un aux parois de ma gorge et aux replis de ma langue pour former un sortilège hasardeux. Ils ont brûlé mes yeux et ont tracé un sillon ardent le long de mon âme pour mieux la libérer de mon enveloppe charnelle le moment venu. Ce moment est arrivé encore plus tôt que je l'avais craint, et a coupé court à mon incantation avant qu'elle ne soit achevée. Lorsqu'on m'a traînée dehors, des lambeaux de charme sont restés prisonniers du seuil de ma maison, quand d'autres se sont glissés sous les ongles de mes ravisseurs. Une main moite puis un bâillon ont scellé mes lèvres et mon destin.

L'effet ne s'est pas fait attendre. Il a suffi de croiser le regard compatissant d'un de mes bourreaux, une jeune pousse à peine sortie de l'adolescence que déjà ses pairs forçaient à suivre leurs inspirations mortifères. Une grisaille nébuleuse a envahi ma vue. Un rugissement silencieux a percé mes tympans. J'ai senti la poigne de mon tortionnaire se relâcher un instant, pendant que nos yeux se figeaient les uns dans les autres. Sur le pont ténu qui les reliait, mon âme s'est élancée. Elle ne laissa derrière elle que douleur et un corps mû désormais par ses plus bas instincts.

Je me suis faufilée sous les orbites de mon hôte, me suis frayé un chemin sous son front ; je me suis faite plus petite et silencieuse que jamais. En face de moi, mon corps abandonné se débattait pour échapper aux liens que l'on serrait autour de ses poignets et de ses chevilles. Quand son regard a de nouveau saisi celui de mon geôlier, la peur m'a fait rétrécir un peu plus. Hors de question de repartir. Mais les yeux qui m'avaient jadis guidée à travers le monde et révélé ses mystères étaient à présent vides. Plus rien d'humain ni d'animal ne perçait de sa lumière la noirceur des iris écarquillés. Terrée à l'abri de mon ennemi, j'ai regardé ces hommes de foi me condamner à la veille du solstice.

J'ai gravé le nom de mon accusateur au plus profond de ce qui restait de moi et j'ai observé, simple spectatrice de cette farce macabre, la sentence tomber. Mon hôte fasciné buvait les paroles de son supérieur. Chaque mot renforça un peu plus ma résolution. Qu'importent les saisons, les décennies, les siècles. Le temps me servira, me dissimulera et me révèlera les outils de ma vengeance.

***

Je pensais passer les premières années aux prises avec mon jeune hôte, à voyager sur ses épaules et m'habituer à cette nouvelle existence où l'urgence et le danger m'avaient réduite à l'état de parasite. Bien que je n'aie eu le temps d'achever mon sort, j'avais dès les premiers mots prévu une échappatoire, aussi incertaine soit-elle : à la faveur d'un regard de pure honnêteté et du lien qu'il créait entre deux êtres, je pouvais traverser le fossé entre eux et passer d'un corps à l'autre sans que nul ne s'en aperçoive. La candeur du jeune disciple qui m'abritait eut tôt fait de provoquer à nouveau un tel échange.

J'avais espéré ne plus ressentir l'arrachement de la première séparation, mais l'âme, tout immatérielle qu'elle soit, ne renonce qu'à regret au refuge de la chair. Plusieurs décennies ont filé au rythme de ces déchirements inopinés. J'ai été tour à tour femme, homme, autre, en position de pouvoir ou de servitude, d'un côté ou de l'autre du destin. Le hasard a fait que je ne me suis jamais éloignée longtemps de la région de mon supplice, comme si une suprême ironie de mon propre sort m'attachait à cette terre.

J'ai vu la famille de mon accusateur prospérer et s'étendre d'un bout à l'autre de la région. Bien souvent j'ai senti les brimades de ses descendants dans la chair de leurs gens comme si c'était ma propre chair. J'ai travaillé leur terre, récolté leur grain, épousseté leurs bibelots et dépecé leurs animaux. J'ai joui de leur fortune et assisté aux tractations qui assuraient sa croissance, mais jamais je n'ai eu l'ascendant sur mon hôte. Je n'ai jamais contrôlé les membres qui mouvaient les corps où je me terrais : mon immortalité nouvelle était bornée à leur survivance.

Je me suis parfois trouvée tout proche de l'abîme, notamment quand le jeune fils du propriétaire a pris conscience de l'humanité des serviteurs de ses parents, et échangé un regard chargé de compassion avec la lavandière qui s'occupait de ses draps souillés. Je me suis alors maudite de n'avoir pas trouvé moyen de subvertir la passivité à laquelle me contraignait mon propre sortilège. J'ai vu l'aiguille de la balance osciller entre ma volonté d'anéantir la famille dont j'avais juré la perte, et mon propre désir de survie. Le destin a frappé l'enfant d'une fièvre foudroyante et j'ai tutoyé la mort du garçon aux confins de son esprit embrasé. Le reste de la maisonnée évitait à dessein la chambre du malade, me soustrayant tout espoir de perdurer au-delà de ce petit corps. Mais alors que ses dernières expirations pénibles passaient ses lèvres gercées, sa nourrice a baigné son front d'un linge frais et lui a murmuré quelques paroles de réconfort les yeux dans les yeux. En cet instant, j'ai été aspirée de chaque recoin de sa chair où j'avais cherché à échapper à son tourment, et j'ai vu la vie quitter ses yeux rougis depuis ma nouvelle hôte.

Effleurer le trépas tour à tour m'effraya puis m'anesthésia aux sensations des corps auxquels je me joignais. Je passais des années à me couper du monde vivant, à m'enfoncer toujours plus profondément au creux de la nuque de mes vaisseaux, là où j'avais découvert un petit espace d'obscurité complète et de pure pensée. Mais le répit ne durait qu'un temps, et le moindre frisson de plaisir me ramenait à cette réalité douteuse que je m'étais construite. C'est pourtant là, dans ce jeu de cache-cache entre l'inconscient et le tactile, que j'ai entraperçu une lueur.

Mon compagnon de route était alors une vieille artisane, trop pauvre pour se reposer mais trop infirme pour effectuer un travail correct. Elle passait ses soirées à achever des tâches qu'une journée de pleine lumière aurait dû suffire à accomplir. Je naviguais dans les méandres de ses rides et me coulais dans les plis au coin de ses yeux fatigués, quand sa main malhabile tâtonna sur le côté à la recherche de ses ciseaux, et s'approcha, à l'inverse, de sa bougie. Dans un réflexe qui n'était pas le sien, ses doigts se replièrent soudain pour échapper à la flamme. L'artisane hoqueta de surprise et ramena sa main contre sa poitrine pour la masser, croyant à quelque crampe. Je me retirais lentement des nerfs de son poignet où j'avais bondi et qui avaient réagi à mon appel. Dès lors, je sus que je ne m'effacerais pas du monde sans emporter mes bourreaux dans mon sillage.

Que dire des saisons qui ont suivi, sinon qu'elles ont filé entre mes doigts pourtant avides de les saisir ? Prisonnière de ces corps successifs, j'ai tendu tout mon être vers l'extérieur, vers mes sœurs qui perpétuaient notre savoir et notre pratique, et dont la lente et féroce affirmation de notre communauté ne m'avait jamais autant manqué. Si j'avais pu m'approcher d'elles, les côtoyer même sous le cruel déguisement où je me trouvais, je suis certaine que mes progrès auraient été plus rapides. Au lieu de cela, j'agonisais le long des décennies de préjugés et de préjudices qui tenaient le réseau des corps que je naviguais, hermétique à l'étroite chaîne de mes semblables.

Je tirais de toute mon âme, je poussais les confins auxquels je m'étais moi-même condamnée, jusqu'à ce qu'enfin le destin m'entende et me joue un pénible tour.

J'habitais alors Anna, jeune héritière d'une fortune bâtie en partie sur mes cendres. Ce sarment de femme poussait dans les interstices des pierres lourdes de la réputation de ses ancêtres. Je ne sais si c'est mon désir sans fin qui a orienté ses pas vers le cercle des sorcières qui survivait à l'orée de la ville. Toujours est-il que son esprit intensément curieux de tout l'a détournée un jour de la visite de courtoisie à laquelle elle s'était engagée. Dans son corset serré, les pieds glissant dans ses souliers précieux, Anna s'est aventurée sous les frondaisons jusqu'à la cahute d'une de mes sœurs. Si j'avais eu un souffle, je l'aurais retenu.

J'ai exulté malgré la douleur lorsque les deux femmes ont partagé un regard de compréhension et que je suis passée de l'une à l'autre. Enfin, je me trouvais réellement à l'abri. Enfin je retrouvais l'environnement familier de mes premières années. La visite d'Anna s'est étirée jusqu'au matin suivant, quand ma sœur l'a accompagnée jusqu'aux abords de la ville. Leurs chemins se sont alors séparés sans un mot.

Les échos des scandales à répétition nourris par Anna ont roulé dans toute la région, si bien que malgré mes circonstances variées j'ai eu vent de son histoire. Quant à moi, mon exultation a expiré aussi vite qu'un feu de paille car la bienveillance de la sorcière m'a poussée hors d'elle avant le second lever de lune. Mais dans cet intervalle, j'ai eu le temps de découvrir la routine à laquelle s'astreignait mon adelphe pour étendre les frontières de son esprit. Riche de ce cerneau de savoir, j'ai été ballotée d'hôte en hôte, affermissant chaque fois un peu plus ma prise sur un nerf, un muscle, un membre.

Je ne voudrais pas faire croire que mes efforts ont été rapidement récompensés. Des arbres ont poussé et des rivières se sont asséchées dans le temps qu'il m'a fallu pour acquérir un semblant de maîtrise. Il m'en a coûté de me retenir tant que je ne me maîtrisais pas, alors même que le hasard, ou le destin, me poussait régulièrement dans les bras de ceux dont je préparais la chute. Mais je savais n'avoir qu'une seule tentative en moi. La puissance nécessaire à ce que je complotais me coûterait sans doute mon âme. J'ai donc persévéré, au mépris du temps, jusqu'à ce qu'enfin mon heure sonne.

J'ai lancé l'offensive à l'aube du nouveau siècle. Nichée entre deux côtes ou le long d'un boyau, j'ai poussé, désaxé, désarticulé de manière d'abord infime puis avec plus de force. J'ai fait naître gêne, douleurs, symptômes laissant les médecins cois. Ils m'ont combattue à grand renfort d'antibiotiques, de massages et d'inhalations mais j'avais planté mes griffes au creux du nombril de mon vaisseau et rien ne m'aurait délogée. Membre après membre de la famille, j'ai rongé leur santé en leur refusant toute explication, jusqu'à ce qu'un jour quelqu'un prononce le mot de malédiction. Je n'ai pas accéléré le trépas de mes hôtes, non. Je n'en étais qu'à la première phase. Créer suffisamment d'inconfort et un climat suffisamment nauséabond pour isoler la famille. Autour d'elle, les amis et les collaborateurs se sont raréfiés, et avec eux les risques qu'un nouvel hôte m'emmène au loin. Au fil des générations, le cercle des parents s'est refermé sur lui-même, suivant le nœud coulant que je resserrais autour de leur nom.

Leur malchance est devenue légendaire, et l'opprobre a suivi de près, jusqu'à ce qu'il ne reste qu'un homme, isolé dans le boudoir poussiéreux d'un hôtel de luxe à l'abandon, vautré dans les reliquats de sa fortune familiale et de sa gloire ternie.

***

Il est voûté, les mains comme des serres au-dessus du clavier de son ordinateur. Je lui dicte mon testament, mon histoire nouée si étroitement à la sienne et celle de ses aïeux. Il n'a pas le choix. Quelque part il est toujours là, à observer son corps ne plus lui obéir comme jadis j'ai observé le mien. Il voit ses secrets honteux étalés sur la vaste toile aux yeux du monde. Un sursaut le saisit parfois, et les doigts glissent ou se pétrifient, mais je reprends les rênes avant qu'il n'efface les preuves qui s'accumulent sur l'écran. C'est le coup de grâce, celui pour lequel je me prépare depuis des décennies. La tâche est immense et je sens mes forces faiblir alors que je n'ai fait qu'effleurer la surface de l'océan d'exactions qui ont assuré la fortune de mes bourreaux.

Avant de commettre une erreur de plus, je publie un à un les documents déjà prêts. Je sème mes petits cailloux blancs avec précision pour qu'ils mènent aux révélations suivantes sans que le doute ne soit permis.

Les mains sont de plus en plus lourdes et maladroites, mais je persévère. Le cou se tend, la bouche se tord et soudain un tremblement traverse le dos et nous voilà à terre, deux âmes en lutte pour un corps.

Les heures de contrôle auxquelles je me suis astreinte m'ont épuisée. Je lutte un moment, mais je sais que je ne reprendrai pas le dessus assez longtemps. Qu'à cela ne tienne, l'essentiel des informations est désormais à la portée de toutes et de tous. La colère impie qui me nourrit depuis si longtemps s'effiloche et je me laisse flotter.

Mon hôte aux abois ouvre la fenêtre et se jette dans le vide. Je n'ai le temps que de me calfeutrer pour étouffer la douleur qui envahit son corps brisé. Les yeux grands ouverts sur l'allée sordide où il gît, il contemple son dernier échec.

Une corneille s'approche du presque cadavre, prend appui sur son menton et plonge ses petites prunelles rondes dans celles de l'humain. Cela suffit. Elle s'ébouriffe, croasse puis prend son envol, lourde d'une âme de sorcière blottie dans ses plumes. ∎

HADI CHARIF

La colline du Bollenberg

M'étant découvert une passion pour la littérature, et immédiatement après pour l'écriture, au sortir d'une lecture d'un roman de Tolstoï, j'ai découvert mon rêve à treize ou quatorze ans : devenir romancier.

Aujourd'hui, huit ans plus tard, je m'essaie aux nouvelles pour, j'espère, préparer ma plume à l'écriture de mes romans futurs.

Autrement, je suis étudiant dans le domaine de l'eau et l'environnement, et féru de cuisine.

La colline du Bollenberg

C'est bon, Papa n'est plus là. Amélel peut enfin sortir, marcher, simplement respirer l'air libre et sans nom de la nuit. Il referme la porte de la maison, descend les marches du perron ; il est dans la rue d'Orschwihr, au milieu de tout et de rien, au royaume de l'inconnu que rejoint le village quand ses habitants disparaissent dans celui des rêves. Cet inconnu, ce silence des individualités, est le seul espace où les esseulés comme Amélel ne se trouvent pas étrangers, car ici tout le monde l'est, et par suite ne l'est plus. Ce soir, il n'a pas de direction, sinon celle du hasard, le sentier unique vers l'inconnu.

Il prend à droite. Son pas est décidé, vigoureux, mais tempéré par le silence onirique de minuit. Pendant de longues minutes, il vagabonde ainsi, sans penser à rien. Pendant qu'il tourne vers une rue étroite, bordée de pavillons, de jardins engloutis par les ténèbres et de clôtures, un bruissement parvient à ses oreilles. Amélel s'arrête. Une pression passe très furtivement sur son cœur. Il tourne le regard vers la provenance du bruit. Mais cela vient de derrière une clôture.

Ça continue de bruire. Amélel commence à sentir de l'inconfort. Papa avait dit : « *Sorcières* ». Mais non, rien à voir ! Le bruissement enfle, devient le vacarme de quelque chose qui s'agite hargneusement dans le buisson.

« Ne sors pas la nuit Amélel, une sorcière rôde ».

Un cri strident déchire le silence.

« Je t'interdis formellement de sortir. Sache que les sorcières enlèvent les enfants ! ».

Le cœur d'Amélel bat maintenant avec violence, presse sa poitrine et sa conscience en même temps, il tente de fuir, mais reste figé, alors il tente d'avancer, d'affronter, mais c'est impossible ; le bruit de la chose dans le buisson lui martèle les oreilles et ses cris horrifiques vont lui transpercer le corps de bout en bout ; mais soudain tout s'arrête.

Le silence d'abord, suivi d'une série de bruits feutrés, comme des pas sur l'herbe. Et, brusquement, de dessous la porte de la clôture, une forme sombre jaillit. Pétrifié, Amélel la suit du regard, avant de reconnaître le responsable de ses haut-le-cœur : c'est un rat.

C'était donc ça ! Quelque chose comme un vent frais s'engouffre violemment en Amélel et écarte tout dans sa poitrine trop longtemps comprimée. Heureux de savoir que, finalement, Papa avait encore raconté des fausses histoires pour l'effrayer, il se retourne pour reprendre la route, bien décidé de ne pas s'arrêter là.

Une silhouette humaine lui fait face.

Une ample cape noire enveloppe tout son corps. Sur sa figure, plongée dans l'obscurité mais faiblement éclairée par un lampadaire, apparaissent les formes d'un nez crochu et de grosses verrues. Un énorme chapeau ombre ses deux yeux sans cils qui ne semblent jamais cligner. Une forte odeur émane de sa présence. Les larmes montent aux yeux d'Amélel. Il veut son papa, rien d'autre que son papa.

La créature déglutit, entrouvre la bouche. Une haleine putride se répand et des dents ténues apparaissent.

— Peux-tu m'aider, s'il-te-plaît ?

Amélel n'a rien entendu. Il a seulement senti l'haleine horrible et vu les dents plus horribles encore. Il pense à crier. Pour que Papa l'entende, pour qu'il s'excuse auprès de Papa et lui jure de ne plus lui désobéir. Tout son être prie la Providence de lui envoyer son sauveur.

— S'il-te-plaît, poursuit la créature.

En plus de la panique, une sorte de révolte bout dans le cœur du garçon, qui trouve cela injuste, lui qui voulait juste sortir, fuir sa solitude, avoir un peu de répit, eh bien même ça il ne peut pas le faire, ni même n'a le droit de le faire, tous ces malheurs n'arrivent qu'à lui, l'enfant seul ; il veut son père. Il se dit tout cela, avant de voir une main squelettique s'agitant à deux pas de son visage.

— Eh oh, tu m'entends ? demande la créature.

Avant même la fin de sa phrase Amélel balaie la main d'une gifle désespérée et s'enfuit à toute vitesse. Il court, le corps aiguillonné par l'instinct de survie, le visage mouillé de larmes, puis rapidement de sueur, chasse l'image de la créature le pourchassant, et se cramponne à celle de son père, à leurs retrouvailles, à sa protection et l'oubli dans ses bras ; puis, après avoir couru longtemps sans rien entendre d'autre que le fracas de ses foulées, il risque un regard en arrière. Et au lieu de la voir à deux centimètres de lui, il aperçoit au loin la créature, la sorcière, agenouillée sur le sol. Il arrête de courir. Il entend, fracassant la torpeur d'Orschwihr, les sanglots longs de la petite sorcière.

Il trouve une cachette, et se met à l'observer de loin. Malgré toute la détresse que lui a inspirée l'inconnue, ces pleurs ont réveillé en lui quelque chose, de la curiosité peut-être, et insensiblement adouci sa crainte. Tandis que les sanglots se prolongent, l'angoisse se dilue peu à peu.

À un moment, le silence revient. Amélel voit la fille se lever et marcher en s'éloignant de lui. Une grande distance les sépare ; il la suit.

La fille sort bientôt d'Orschwihr, et arrive sur un chemin bordé de part et d'autre de vignobles. À mesure qu'il la suit, Amélel regagne confiance ; car, involontairement, il est en train d'accomplir le dessein initial de son excursion : pénétrer l'inconnu. Suivre cette sorcière, c'est entrer dans l'intimité de la nuit, la narguer, la dompter. C'est précisément cela qu'il voulait vivre.

Soudain, la fille se retourne.

— Eh, toi ! crie-t-elle.

Amélel esquisse un pas de retraite, mais ne fuit pas car la sorcière n'approche pas non plus.

— Ne pars pas, s'il-te-plaît ! J'ai vraiment besoin d'aide.

Amélel continue de la dévisager farouchement.

— Je te jure que ce ne sera pas long, continue-t-elle.

Entendre le timbre tout à fait humain de la voix de la sorcière délie la langue d'Amélel.

— Je n'ai pas le droit de suivre les inconnus, répond-il enfin.

— Mais je ne suis pas une inconnue, j'habite juste à côté. Tout le monde me connaît à Orschwihr.

— Je ne peux pas, désolé.

— Mais pourquoi ?

— Je dois rentrer.

En se retournant pour partir, il entend derrière lui :

— Mais pourquoi tout le monde me fuit ? Pourquoi ne m'adressent-ils pas même la parole ? On me traite comme un animal. C'est parce que je suis une sorcière, hein ? Alors si les choses sont ainsi, j'arrête de venir ici demander de l'aide.

Amélel s'arrête de marcher.

Mais la fureur la gagne brusquement et elle se met à crier tout en pleurant.

— Vous croyez que je vais vous enlever ? Mais pourquoi ? Je fais ce chemin tous les matins depuis trois jours, juste pour trouver de l'aide, et tout le monde me crache dessus, bande de sales gens, bande de méchants ! Vous êtes tous méchants, tous ! Aucune exception ! J'en ai marre, marre, marre !

Bouche bée, Amélel assiste à nouveau aux convulsions de la nuit affolée par les sanglots et les cris lancinants de la fille.

— Excuse-moi, bredouille Amélel, je ne savais pas que tu avais autant besoin d'aide.

Mais la fille, tout à coup farouche, fait volte-face et se met à courir. Amélel la poursuit.

— Attends ! C'est bon, je vais t'aider ! Je te le jure !

— Non ! Laisse-moi !

Le garçon la rattrape rapidement, et lui barre le chemin.

— Je t'ai dit que je vais t'aider, arrête de courir !

— Je ne fais plus confiance à personne, je ne veux pas de ton aide, va-t'en !

— Arrête de faire la gamine et dis-moi ce dont tu as besoin !

— Mais juste qu'on m'aide à porter quelque chose, c'est tout ! Et au lieu de m'aider, vous me faites passer pour la dernière des criminelles !

— Où habites-tu ?

— Je ne te dirai pas. Je t'ai déjà ordonné de partir, je veux être seule.

— Suis-je bête ; mon père m'a déjà dit où se trouve ta demeure.

Et tandis que la fille continue de brailler, Amélel se retourne et débute le chemin vers la demeure, qu'il a repérée à l'aide de la description que son père lui en a fournie. Ce serait un petit bâtiment blanc très ressemblant à une chapelle. Il l'aperçoit, surplombant la colline du Bollenberg et ses vignobles à gauche du chemin. Au bout d'un moment, la fille finit par se calmer. Le silence regagne alors son trône et plonge les deux enfants dans les fonds tumultueux de leurs pensées ; chacun ne réfléchit en ce moment qu'à l'autre, le juge, le méprise, mais ne peut s'empêcher de lui attribuer à chaque instant plus d'attributs humains, et être surpris d'avoir cru un moment que l'autre était respectivement une sorcière et un cupide.

— Tu es idiot, se moque la fille, tes parents vont te battre si tu rentres trop tard.

— Je m'en fiche.

La fille soupire en affectant le mépris.

— Comment t'appelles-tu ? demande-t-elle après un nouveau silence.

— Amélel.

— C'est la première fois que j'entends ce nom.

— C'est mon père qui l'a inventé.

— Tu as de la chance.

— Et toi, quel est ton nom ?

— Alexia.

— Et ton âge ?

— Dix ans.

— Ah, moi aussi.

Ainsi naît, timide, la discussion entre eux. Bien qu'il puisse rester quelque chose de leurs jugements antérieurs, ils les oublient totalement pendant qu'ils parlent. Cette rencontre est devenue pour eux en tout point pareille à ce premier contact avec un camarade de classe le jour de la rentrée. Leur âme enfantine désire seulement se faire accepter d'une autre. Néanmoins, ils gardent, au fond de leur cœur, une méfiance réciproque ; celle que l'abandon perpétuel par les autres et leur mépris depuis la naissance inocule inévitablement au cœur, et qui noircit toujours l'autre, quelle que soit la personne.

— Dis, demande Amélel, puis-je te poser une question ? Est-ce que tu es une sorcière ?

— Ben non ! Vous croyez tout ce que vous disent les autres, à Orschwihr.

— Ah bon ? Mais tu portes un gros chapeau et une robe noire qui descend jusqu'aux pieds

— C'est juste une tradition ! Comme vous avec, je ne sais pas, les chemises.

— D'accord. Mais vous, les sorcières, vous...

— Je t'ai dit que je ne suis pas une sorcière !

— Pardon, vous, les femmes avec des gros chapeaux et des grandes robes.

— Tu es vraiment bête, dit Alexia sans pouvoir contenir un sourire.

— Eh ben, est-ce que vous avez des problèmes ?

— Comment ça ?

— C'est-à-dire que... Est-ce que des gens viennent... vous embêter ?

— Nous embêter ?

— Vous embêter, dit Amélel en bégayant, enfin, vous faire du mal.

— Des gens qui nous font du mal, tu dis ? Ben non. J'habite tout en haut de la colline du Bollenberg, personne ne vient nous voir.

— D'accord merci. Mais je ne parlais pas forcément des gens du village.

— Alors qui ?

— Mais... les hommes de la loi... l'inquisiteur...

Comme si un monstre était subitement apparu devant elle, Alexia manifeste soudain une grande panique.

— As-tu entendu ma question ? demande Amélel.

— Comment le connais-tu ?

— L'inquisiteur ? Je ne sais pas, ce doit être mon père qui me racontait des histoires sur lui.

— Qu'est-ce qu'il t'a raconté ?

— Hmmm, tu dois savoir...

— Non, dis-moi.

— Ben... vous... ils vous recherchent ».

Alexia reste silencieuse.

— Du coup ? Est-ce bien vrai ?

— Oui, c'est vrai, répond-elle.

— Et est-ce vrai que l'inquisiteur vous punit ?

La fillette continue de marcher en silence.

— Par exemple, apparemment, s'il trouve une sorcière, il la noie.

— Je n'aime pas ce sujet.

Et Alexia sur-le-champ relance la discussion sur un autre thème bien joyeux, comme si de rien n'était. Puis sa maison finit par apparaître.

Le bâtiment est comme attendu peint en blanc. Teint si immaculé que les murs, en reflétant les timides rayons de la lune, semblent émettre leur propre lueur intense et fantomatique. Sa base est composée d'un rectangle et d'un demi-cercle, comme un chevet en abside. La lumière n'y peut pénétrer que par deux petits œils-de-bœuf et deux meurtrières. Un toit en tuiles à deux pans surmonte cet ouvrage, en lequel seule l'absence de croix sur sa façade empêche de voir une chapelle.

— Ta maison est jolie, remarque Amélel, mi-effrayé mi-fasciné.

Mais Alexia ne lui répond pas, ni ne sourit.

— Ai-je dit quelque chose de mal ?

— Non, répond-elle d'une voix faible. Bon, suis-moi. C'est à l'intérieur que la caisse à porter se trouve.

— D'accord, qu'y a-t-il dans la caisse ?

— Des objets. Tu m'aides à sortir la caisse dehors et tu pourras rentrer.

— Pourquoi me dis-tu que je pourrai rentrer ? Je ne suis pas pressé. Bon, allons-y.

— Merci beaucoup.

Troublé par son témoignage de reconnaissance soudain, Amélel suit Alexia. Elle manœuvre une clé dans la serrure de la porte ogivale, et pousse un battant qui tourne sans bruit. L'obscurité accueille la première les deux enfants. Puis, peu à peu, se distingue la sombre lueur d'une dizaine de bougies dans le fond du bâtiment, disposées sur une caisse en bois. La présence d'autres meubles et d'un fatras de linges et objets en pagaille se devine difficilement sous l'éclairage insignifiant des œils-de-bœuf et des bougies.

En arrivant devant la caisse, Alexia s'empare de chaque bougie et l'éteint d'une bouffée. Amélel demande. « Pourquoi éteins-tu les bougies ? On ne voit plus rien ». Alexia, de la même voix effacée que celle qu'elle avait eue devant le bâtiment, dit : « Je... je ne sais pas, je n'ai pas fait exprès ». Les deux enfants se baissent, disposent leurs mains de façon à assurer une prise convenable sur la caisse. Mais lorsqu'ils s'efforcent de la soulever, ils échouent totalement. Plusieurs autres tentatives se suivent ; pas davantage de succès. Ils se mettent alors à pousser la caisse, et réussissent à la déplacer. La tâche est si ardue que quinze minutes s'écoulent avant qu'ils aient atteint les portes de la maison. Dehors, l'aube n'est pas. Tout l'entour de la maison baigne dans une noirceur opaque.

— On la laisse là ? demande Amélel.

— Non, encore un peu. Je suis désolée.

— Mais je ne vois rien.

— Continue tout droit, je te dirai quand t'arrêter.

Amélel obéit. Pendant qu'ils poussent, il s'enquiert auprès d'Alexia si ce n'est pas trop dur pour elle ; et, d'une voix toujours plus émue, elle lui dit que non, et le remercie et s'excuse encore. La caisse bascule. Ils ont perdu prise.

Comme si un fossé qu'ils n'avaient pas vu se trouvait là, la caisse est tombée. Amélel fixe longtemps l'emplacement de la chute ; ses yeux s'accoutument à l'obscurité, et une cavité rectangulaire aux bords lisses lui devient visible. La caisse git au fond du trou. Mais Alexia pendant ce temps s'est agenouillée au bord de la fosse. Tête baissée, paupières closes, les mains jointes et croisées, larmoyante, brisée, elle dit :

— Maman, même si l'Inquisiteur t'a noyée, je sais que tu es la plus forte, que tu es heureuse parce-que Dieu t'attend au paradis. Et moi je t'enterre ici pour te garder pour toujours auprès de moi. Maman ma chérie, personne ne me séparera de toi, jamais !

Et le garçon joint bientôt ses pleurs à ceux de l'orpheline.
■

SANDRINE GACHINIARD

A la casserole

Je me prénomme Sandrine, j'ai bientôt cinquante ans et suis l'heureuse maman d'un formidable garçon.

Lectrice invétérée de tout ce qui me tombe sous la main, je suis passionnée par la langue française. L'art d'associer les mots pour faire passer une idée, le pouvoir de mettre une émotion sur du papier... Un infini s'offre à nous lorsque l'on manie les mots.

Longtemps persuadée que je n'avais pas l'imagination assez fertile pour écrire, je me suis décidée sous l'impulsion de mon compagnon à l'occasion d'un concours de nouvelles. Depuis, j'y consacre une partie de mon temps libre, partagé entre les amis, le sport, les voyages et bien évidement mon fils.

Je suis passée à la vitesse supérieure en répondant à des appels à textes pour des romans. Voir mes écrits présentés dans un livre est pour moi la plus belle des reconnaissances.

A la casserole

Jonas se réveille avant que le soleil pointe de timides rayons à la fenêtre. Allongé sur le dos, il hésite longuement avant d'avancer une main timide vers sa droite. Comme il le redoutait, la place s'avère froide, aucun pli ne dérange les draps. Á nouveau, Olivia a découché.

Sans doute l'attend-elle dans la cuisine, un café à la main. Elle racontera qu'elle est rentrée tard, qu'elle ne souhaitait pas le réveiller, qu'elle s'est allongée sur le canapé du salon. Sa femme déposera à la commissure de ses lèvres un baiser chaste puis lui tournera le dos pour vaquer à ses occupations. Ils rejouent cette scène régulièrement.

Inquiet, Jonas l'a suivie à plusieurs reprises. L'agent immobilier gère son emploi du temps comme il l'entend. Dans sa voiture, il a passé des appels professionnels, guettant Olivia près de l'entrée de la banque où elle exerce comme courtière. Ils se sont d'ailleurs connus lors d'une transaction pour l'achat d'une maison. Le vrai coup de foudre, comme dans les romans à l'eau de rose. Jonas est tombé éperdument amoureux de la jeune brune longiligne et sa passion n'a jamais fané.

La réciproque ne semble pas être vraie, car Olivia le trompe depuis des mois. Ce qui le blesse le plus, c'est qu'elle couche avec un homme différent à chaque fois. Inscrite sur une application de rencontres éphémères, elle programme des plans cul tout aussi passagers.

Elle se serait éprise d'un autre, il aurait capitulé. On ne lutte pas contre l'amour, il est bien placé pour le savoir.

Mais des aventures, cela signifie que sa femme s'ennuie, qu'il ne l'attire plus. Ça lui est insupportable. Il souffre de la voir s'éloigner de lui.

Las de cette peine, il a décidé de recourir à un jeteur de sort. Ça existe, réellement. Jonas a étudié toutes les informations disponibles sur internet à propos des sorciers, des prêtresses, des guérisseurs et oracles en tous genres. Il a consulté les avis Google de ceux qui promettent de sceller l'amour par un rituel, qui garantissent un « *cadenas définitif* » entre deux êtres. Témoignages de clients satisfaits à l'appui, Jonas est persuadé que la flamme des premiers jours peut revivre. Il ira trouver une de ces sorcières, obtiendra un philtre d'amour et tout sera comme avant.

Le jeune homme se lève, prend sa douche et revêt le costume bleu ciel qu'Olivia lui a offert pour Noël. Il descend l'escalier, pénètre dans la cuisine. Comme prévu, elle sirote un café serré. Des cernes ornent le contour de ses yeux verts, la pâleur de son teint la rend encore plus jolie. Olivia lève à peine le regard sur lui, désigne la cafetière fumante d'un hochement de tête.

— C'est prêt, dit-elle.

Son mari dépose un baiser sur ses cheveux fraîchement lavés, se sert une tasse brûlante. Ils ne prennent plus la peine de faire semblant. Le cœur de Jonas se serre. Sa décision est prise, il ira voir la sorcière en quittant la maison.

Dans sa voiture, il programme sur son GPS le trajet jusqu'au domicile de la jeteuse de sorts. Son site garantit de retrouver l'amour, de réussir à l'école ou encore de faire fortune. Notée quatre virgule neuf sur cinq par les internautes, les commentaires sont dithyrambiques.

Lorsque l'intriguant pénètre au domicile de Cordélia, dont il peine à croire que ce soit le vrai prénom, on nage dans les stéréotypes. Papier peint sombre, volets mi-clos, bougies, encens et boule de cristal, tout est tellement surfait qu'il hésite à tourner les talons. Dans l'ombre, Cordélia l'accueille d'une voix joyeuse :

— Entrez ! Ne restez pas planté là comme un balai !

Toute jeune, vêtue d'un jean et d'un t-shirt Iron Maiden, elle arbore un maquillage gothique qui fait ressortir ses iris noirs de jais. Jonas, immobile, se demande encore ce qu'il fait là. La sorcière l'interpelle :

— Oui, je sais, la déco est too much ! Mais certains ont besoin d'un environnement mystique pour croire en mes pouvoirs.

Sur ce dernier mot, elle dessine avec ses doigts des guillemets dans l'espace.

— Je sens que ça vous rend réticent mais rassurez-vous, j'assure !

Sans comprendre vraiment pourquoi, Jonas se sent apaisé. Il est invité à prendre place dans un fauteuil de velours rouge puis explique le motif de sa venue. Très enthousiaste, Cordélia se montre prolixe :

— C'est formidable ! L'amour, le vrai, j'adore. Je vais vous donner une potion, appelez ça philtre si vous le souhaitez. Votre femme vous aimera comme au premier jour, jusqu'à son dernier souffle. C'est un sort très facile, vous nagerez bientôt dans le bonheur.

Jonas interroge, dubitatif :

— Alors les sorcières, les jeteurs de sort, ça existe vraiment ? Mais comment faites-vous pour que les gens continuent à ne pas y croire ? Si vos pouvoirs étaient avérés, vous seriez envahie par les clients !

La sorcière rit :

— Ce n'est pas si simple. Pour nous protéger, la plupart d'entre nous évite de se mettre trop en avant. D'autant plus que la concurrence est forte ! Je me cantonne en général aux petits ensorcellements du quotidien. Jeter une malédiction peut se retourner contre soi, surtout si celui d'en face fait appel à un autre sorcier. Certains ne sont pas tendres.

Son visage se ferme, la jeune femme devient soudain bien moins avenante.

Cordélia raccompagne Jonas vers la sortie puis le jeune homme retourne à sa voiture, tenant précieusement un flacon dont il lui faudra faire boire le contenu à son épouse.

La journée dure une éternité. Jonas gère quelques affaires par téléphone. Il prépare aussi un repas en amoureux, à base de poisson dont Olivia raffole. Le vin blanc qu'il servira couvrira à merveille le goût de la potion d'amour, la jeteuse de sort l'a certifié.

L'infidèle découche rarement deux soirs d'affilée, il est certain qu'elle rentrera.

Lorsque la porte d'entrée s'ouvre, la maison est doucement éclairée par des bougies, la table est mise et le parfum du bar rôti embaume.

Olivia a l'air surprise mais elle se contente de le remercier pour cette attention. Silencieux, ils passent à table. Lucas sert le vin dans la cuisine, en profite pour verser le contenu de la fiole dans le verre de sa femme, peinant à croire qu'il est réellement en train de faire ça. Mais autant aller jusqu'au bout.

Le bar est excellent. Olivia se régale et l'alcool lui délie un peu la langue. Elle parle d'un client désagréable qui n'admet pas un refus de prêt, Lucas évoque une maison incroyable qu'il a visitée récemment. Des banalités.

Progressivement, la jeune femme se détend, sa pose se fait alanguie et le regard qu'elle pose sur son mari devient tendre. Cela fait une éternité qu'elle ne l'a pas regardé ainsi. Lucas voit du désir dans les prunelles vertes et s'enflamme aussitôt. Depuis le temps qu'elle le boude, il est avide de retrouver le contact de son corps. Sans un mot, ils se lèvent, se prennent par la main pour rejoindre leur chambre. La nuit qu'ils passent ressemble à la première ; passionnée, inoubliable.

Au réveil, il n'ose pas ouvrir les yeux, craignant que ce ne soit qu'un rêve. La main qu'il tend le rassure. Olivia est là ; et même bien là car elle vient se lover contre lui.

— Je t'aime, murmure-t-elle.

Lucas est heureux.

Deux mois plus tard, le jeune homme vit un enfer. Son épouse est complètement dingue. Dingue de lui. Elle l'appelle cent fois par jour pour entendre sa voix. Ça l'empêche de travailler. Olivia a pour sa part eu un avertissement car elle néglige ses clients.

Impossible de dormir, l'appétit sexuel de l'ensorcelée demande à être rassasié sans cesse. Jonas est sur les rotules. Ce n'est pas de l'amour, c'est de l'obsession, du harcèlement. Durant les repas, elle tient à ce qu'ils se fassent goûter leurs plats, échange leurs fourchettes même s'ils mangent la même chose. La jolie brune impose que toutes les portes restent ouvertes afin de ne pas se perdre du regard. Réellement toutes les portes. Il se cache pour aller aux toilettes...Trop, c'est trop !

Le jeune homme tente de joindre Cordélia. Il doit bien exister un antidote, au moins un petit, qui tempère les ardeurs de sa femme. Mais la sorcière ne répond ni aux appels, ni aux mails. Il décide donc de se rendre sans prévenir dans son antre.

Olivia part au travail. Jonas ignore ses appels et se rend au domicile de la jeteuse de sort. Il sonne, frappe, personne. Elle ne doit pas être loin, la porte est entrebâillée. L'époux épuisé pousse doucement le battant et pénètre dans la pièce. Aucune bougie allumée, les objets se dessinent en ombre chinoise dans un silence pesant. L'odeur de l'encens persiste mais elle est couverte par une autre, aigre, écœurante.

— Cordélia ? Cordélia, vous êtes là ? lance-t-il à mi-voix.

Pas de réponse. Tendant le bras vers le mur, Jonas trouve l'interrupteur et illumine le salon. Á la lumière crue des néons, tout a l'air factice, un vrai piège à gogo. Il a pourtant la preuve que les pouvoirs de la jeune femme sont réels. Son regard se pose près du fauteuil rouge. Un pied dénudé dépasse, immobile. Jonas se précipite mais son élan est vite brisé par le spectacle : la jeteuse de sort est allongée sur le sol, vêtue d'une courte tunique noire. Ses yeux grand ouverts expriment une terreur sans nom que n'atténue pas le voile pâle apparu sur les iris.

Cordélia semble morte de peur, littéralement. Une feuille de papier est posée près de sa main droite. Jonas s'en empare et s'éloigne vite du corps sans vie.

Le texte est bref, l'écriture alambiquée : Prêtresse Cordélia, tu as bafoué nos rituels, dévoyé tes pouvoirs, dévoilé ce qui doit être secret. Le grand Ordre en a décidé, ton voyage s'arrête ici.

— Pu-tain ! Comment je vais me sortir de là ? s'exclame le malheureux, affolé.

Pris à son propre piège, le comploteur jette la lettre et s'enfuit en courant. Réfugié dans sa voiture, son téléphone affiche déjà trente appels en absence de sa femme. Inutile d'écouter les messages, la fanatique l'a probablement menacé, prévenu la police et contacté tous les hôpitaux de la région.

Jonas se connecte sur internet, lance une recherche pour trouver une autre sorcière qui puisse briser le sort : magie rouge, rituel, marabout certifié, prêtre brésilien, recettes maison...Tout y passe. Maintenant qu'il est certain que la magie existe, qu'il y a de réels sorciers parmi les charlatans, Jonas craint de s'attirer l'ire d'une ensorceleuse. Les règlements de comptes entre professionnels de la magie sont radicaux !

Le site « Ensorcel'moi » lui donne l'adresse d'un faiseur de sortilèges à quelques kilomètres de là. Il se prétend potionniste spécialisé dans les philtres provoquant de puissants engouements. Le jeune homme espère que Dragoon, c'est son nom, le sauvera de l'amour obsessionnel d'Olivia.

Lorsqu'il appelle pour prendre rendez-vous, Dragoon propose de le recevoir immédiatement. Vu l'intonation, ça ressemble plus à une injonction mais il ne peut pas se permettre de se montrer susceptible. En route, son portable ne cesse de retentir, « Ma Chérie » apparaît sur l'écran. Jonas l'ignore. Parvenu au pied d'un immeuble de banlieue, il monte quatre étages sans ascenseur comme indiqué. Le sorcier est aussi avenant que le ton de sa voix. Grand, sec, vêtu de noir, son visage émacié lui donne un air lugubre. D'un mouvement du menton, il invite son client à entrer. Sans transition, il parle :

— Je connais les raisons de votre venue. Je ne ferai rien pour vous venir en aide. Pas un seul sorcier ne le fera car Cordélia a rompu un pacte, un accord qui scellait son appartenance à l'Ordre. Cette jeune écervelée a mérité son sort.

Jonas plaide sa cause :

— Mais moi, je n'y suis pour rien ! La potion qu'elle m'a donnée a métamorphosé mon épouse en monstre, en nymphomane obsédée par moi, moi et encore moi. Je suis à bout. Je voulais juste qu'Olivia m'aime comme au début et me soit fidèle, pas qu'on me prive de ma liberté !

Le sorcier se montre inflexible :

— Il vous faudra assumer. Vous avez souhaité faire appel à des forces qui vous dépassent, trop tard pour les regrets. Cordélia n'a jamais su faire profil bas.

Excédé, Jonas hausse le ton :

— Mais, je ne comprends pas ! Vous faites de la publicité sur internet, vous ne vous cachez pas. On trouve légion de sorcières, de magnétiseurs, de jeteurs de sorts ! Pourquoi diable proposez-vous vos services ? Restez donc cachés !

Dragoon fronce les sourcils, son visiteur commence sérieusement à l'importuner.

— Le diable n'a rien à faire avec nous. Tout est question de stratégie : nos pouvoirs sont réels, du moins pour certains d'entre nous. En nous affichant, nous contrôlons notre image et nous fondons dans la masse des imposteurs. Chacun d'entre nous choisit à quelle occasion il désire réellement exercer sa magie. Le reste n'est que poudre aux yeux. Cordélia n'a pas pu s'arrêter à temps, trop avide d'admiration. Son sort est scellé et le vôtre l'a été par ricochet. Á présent, quittez ces lieux avant que je ne regrette de vous laisser partir !

Sonné, le jeune mari descend lentement. Tel un lapin pris dans les phares d'une voiture, il ne sait où aller. Épuisé, il se résout à rentrer. Son portable, posé sur le siège passager, continue d'émettre des stridulations. Ça le rend fou.

Dès la porte du domicile conjugal, la foudre s'abat. Une journée de silence et de frustrations a transformé sa femme en furie. Décoiffée, du mascara noircit le contour de ses yeux fous. Olivia noie le jeune homme sous une pluie de reproches, l'accuse d'avoir voulu la tuer, a cru mourir de peine tant il lui a manqué. Elle le serre dans ses bras mais il n'a pas plus de forces qu'une poupée de chiffon. Rassérénée à son contact, l'amoureuse monomaniaque lui propose sans transition de passer à table.

— Assieds-toi mon amour. Tu as l'air épuisé, viens, j'ai acheté tes lasagnes préférées chez le traiteur. Je t'ai cherché partout, je n'ai pas eu le temps de cuisiner.

Le reproche est perceptible dans sa voix. Docilement, de crainte de déclencher son ire, Jonas s'assied et mange. Son estomac affamé le remercie en grognant de bonheur. Progressivement, il se calme. Une sensation de profonde détente le gagne. Une grande fatigue aussi. Sa fourchette tombe sur le sol. L'homme braque sur sa dingue d'épouse un regard paniqué. « Non ! Elle a fait appel à sorcier ! On me jette un sort ! »

Olivia explique :

— Mon amour, j'ai trop souffert de ton absence. Un manque, une douleur que rien ne peut apaiser. Je ne peux revivre ces moments une nouvelle fois, j'en mourrais.

Elle sourit :

— Mais j'ai la solution. Tout comme les tribus qui mangent le corps de leur ennemi pour s'approprier sa force, je vais me nourrir de toi. Tu combleras le vide que provoque ton absence à tout jamais. Nos esprits vont fusionner. Jonas chéri, enfin nous serons réunis de la façon la plus sublime qui soit. Je t'aime tant ! Pour que tu ne souffres pas, j'ai mis dans les lasagnes deux boîtes de tes somnifères. Tu dormiras profondément quand je commencerai à te cuisiner.

Olivia sourit, dépose un tendre baiser sur les lèvres ankylosées de son bien-aimé.

Jonas cesse de lutter, ses paupières se ferment. Une merveilleuse odeur de sauce arrabiata flatte ses narines, il l'emporte avec lui en un dernier souffle. ∎

ROLAND GELBGRAS

Petite sorcière prend son envol

Roland est avant tout une personne soucieuse des autres, de leurs droits, de leur liberté. C'est pour cette raison qu'il s'est engagé bénévolement dans diverses associations ayant pour philosophie la liberté, les droits et devoirs des citoyens.

Pour cela, il s'informe dans beaucoup de domaines surtout sociétaux puis essaie de faire le tri entre le vrai, le moins vrai et le faux.

Il écrit quand l'inspiration lui vient, lorsqu'il le sent et ressent le besoin de s'exprimer sur une sujet particulier ou parfois, simplement pour le plaisir de raconter une histoire ou encore, comme pour cette nouvelle, pour relever un défi qu'il s'est lui-même imposé.

Petite sorcière prend son envol

Maman m'a punie ce matin, j'ai à nouveau brisé un bibelot, un acte manqué selon mon grand frère François qui admet que ce bibelot est, ... enfin, était moche... Je dois passer le reste de la matinée à méditer dans ma chambre sur la valeur des objets. Pourtant, je ne l'ai même pas touché ou alors pas exprès, j'ai simplement pensé à le déplacer et il a valsé au sol.

Assise à mon petit bureau, dans ma chambre, je médite en faisant tournoyer un crayon sur mon cahier de grammaire latine. Il n'arrête pas de tourner. Mon portable bourdonne, mon attention est attirée, le crayon s'arrête quasi immédiatement. Intriguée, je tente une expérience en voulant faire bouger une gomme seulement par la pensée. Rien, j'y pense plus fort, tout à coup elle est violemment projetée contre le mur et, en tombant, fait basculer un pot en plastique. Je saisis un livre et me jette sur le lit. François entre dans ma chambre, cet emmerdeur se croit tout permis!

— C'était quoi, ce bruit ?

— Quel bruit ?

Il inspecte visuellement et ressort à regret de la pièce sans rien trouver à me reprocher. Je tremble un peu, je me demande ce qu'il m'arrive. C'était de la télékinésie! C'est extraordinaire, je n'arrive pas à y croire!

J'ai un gros creux. Je descends à la cuisine. Maman me voit.

— Céline, ta punition n'est pas levée.

— Je dois me faire un en-cas, je meurs de faim.

Je me prépare deux sandwichs garnis, choisis une pomme et remonte dans ma chambre. Je dévore ce petit repas alors qu'il y a peu, je grignotais à peine plus qu'un pierrot, les hormones du début de l'adolescence, sans doute. Ce n'est pas la première fois que je mange beaucoup. Pourtant, je reste maigre comme un clou.

Il faudrait que j'apprenne à me contrôler. Je cherche une idée sur le Net. Un art martial ? Non, je deviendrai sans doute plus calme, mais dans combien de temps ? Le yoga, peut-être ? La méditation, la pleine conscience, serait-ce une bonne idée ? Mais la pleine conscience de quoi ? Rien que ces mots me font sourire. Je dégote un club pas trop loin pour pouvoir y aller à pieds. J'en parlerai aux paternels.

Entre temps, je m'amuse un peu. Le beau stylo que François a reçu pour son entrée en secondaire supérieur a coulé dans la poche de sa chemise préférée. Je ne l'ai pas touché, ce n'est pas moi ! Pour mon plus grand plaisir, il se fait enguirlander par maman. Je joue aux dés à l'école ou à divers jeux d'adresse. Je gagne souvent, plus que la normale. Je perds exprès de temps à autre pour ne pas trop éveiller les soupçons.

C'est la première fois que je rencontre le professeur de yoga. Il ressemble à un vieux bonze asiatique. Il ne me dit rien, il est en face de moi, il me regarde intensément. Malgré moi, je relève les yeux et le regarde aussi. Je transpire beaucoup.

— Tu n'es pas comme les autres! Le sais-tu ?

— Euh …

— Tu devras m'obéir et m'appeler Maître.

— Oui, … Maître.

Je n'avais pas envie de paraître soumise, mais j'ai l'impression que je ne peux rien lui cacher.

— Je vais t'apprendre à te contrôler et à économiser tes forces.

— Ou...oui, ... Maître.

— Tu apprendras aussi à fermer ton esprit, je lis à livre ouvert en toi.

Il me fait peur, je veux me lever, mais je n'arrive pas à bouger le petit doigt.

— Ne crains rien, Céline, je sais qui tu es vraiment. Tu constateras rapidement des changements. Mais n'oublie jamais qu'il faut œuvrer pour le bien, jamais pour le mal.

— Le ... côté obscur ?

Le Maître sourit légèrement.

— Si tu veux. Je suis néanmoins fort différent de Yoda et pas aussi vieux. Tu sais, tout le monde a du pouvoir, fort peu de gens s'en rendent compte, encore moins sont ceux qui savent le maîtriser.

— Vous savez pour la télékinésie ?

— Pour l'instant, tu ne peux rien me cacher. La télékinésie n'est pas ni mal, ni bien. C'est un outil. Continue doucement à t'entraîner aux jeux dits de hasard, tu verras que, le plus souvent, ce sont toujours les mêmes qui gagnent. Il n'y a pas de hasard. Le hasard, hormis en mécanique quantique, n'est pas une nécessité. Et dès que tu commences à avoir faim, tu t'arrêtes immédiatement.

— Pourquoi cela m'arrive-t-il à moi ?

— C'est un phénomène qui se révèle parfois au début de l'adolescence, plus chez les filles que les garçons, les changements hormonaux, certainement. En fait, je ne sais pas. Je constate, sans plus.

Deux fois par semaine, les cours de yoga commencent par des techniques respiratoires. Petit à petit, je m'aperçois que cela me calme. Je suis plus souriante et je continue à manger beaucoup. Je prends enfin un peu de poids tout en grandissant. Mes nouvelles formes ne laissent pas tous les garçons indifférents, ce n'est pas pour me déplaire.

— Dites-moi, Maître, suis-je une sorcière ?

— Bien sûr que non, les sorcières et les sorciers n'existent que dans l'imaginaire des gens. Je suis une sorte de chaman, une personne en contact, surtout en phase et en paix avec son environnement. Pourtant, au Moyen-Âge, tu serais passée sur le bûcher, tout comme moi.

Le Maître prend un air sévère.

— Attention, Céline, la télékinésie n'est pas magique. Plus l'objet que tu veux déplacer est lourd, plus tu auras besoin d'énergie. Bref, déplacer un objet lourd est impossible seul. Il en est de même si l'objet est éloigné. Le besoin énergétique augmente selon le carré de la distance. Les lois de la physique sont incontournables. Si tu consommes trop d'énergie, tu peux mourir d'épuisement. Tu ne sauras jamais contrôler les boules d'un tirage du Loto car la distance est trop importante.

— C'est la raison pour laquelle j'ai tellement faim ?

— En effet. Maintenant que tu commences à savoir fermer ton esprit, tu peux apprendre quelque chose de plus difficile. Te sens-tu prête ?

— Pour quoi faire ?

— Sonder les esprits.

— Et contrôler la volonté ?

— Pas du tout, dans le but de bien connaître le caractère de quelqu'un et ses intentions, mais on peut arriver à influencer, à suggérer des idées, jamais en avoir le contrôle.

Le Maître reprend son air sévère.

— Attention, influencer un esprit ne signifie pas faire n'importe quoi. Si tu constates qu'un esprit autour de toi est fermé, n'essaie surtout pas de le pénétrer. Non seulement, c'est très impoli, mais tu pourrais alors affronter quelqu'un de beaucoup plus puissant que toi. Dans ce cas, tu verrouilles ton esprit et tu t'en vas sans traîner.

— Je ferai comme vous le demandez, Maître.

— Je n'en doute pas et n'oublie jamais, nous ne sommes pas des escrocs. N'agis que pour le bien. Aux dés, au craps, je sais que tu y joues beaucoup, perds plus souvent qu'actuellement. Ne joue jamais pour des grosses sommes. Les tables de jeux clandestines, tout comme les déclarées, sont souvent sous la protection de maffieux. Ils ne rigolent pas avec leur pognon.

Je marmonne entre les dents.

— Si je méritais le bûcher sous l'Inquisition, c'est que je suis une sorcière.

A la maison, François commence à avoir peur de moi. Tant mieux, il me laisse tranquille. Il faut dire qu'il lui arrive de briser sa latte, de mal nouer ses lacets... Il peut être maladroit, ce grand dadais ! Moi, en revanche, je ne casse plus rien à la maison et mes résultats scolaires sont en hausse. Mes parents sont ravis de mon inscription à ce club de yoga. S'ils savaient... ils ne le seraient sans doute plus autant ! Maintenant, lorsque je suis dans ma chambre, dans mon antre, je verrouille la porte, même si je pense que ce n'est plus nécessaire, mais on n'est jamais trop prudente.

Je suis maintenant en secondaire supérieur. Je poursuis sans soucis les diverses matières. J'ai fait la connaissance d'un brave garçon, fils unique d'un avocat. Il a un an de plus que moi. Il est amoureux, je n'essaie pas de l'influencer, mais j'ai néanmoins sondé son esprit pour m'assurer de ses intentions. Il est honnête, vraiment amoureux pour l'instant et surtout pas violent. J'ai sondé son père aussi. C'est une crapule. Il utilise tous les moyens possibles pour gagner ses affaires, y compris la malhonnêteté et les compromissions. Je ne cherche pas le conflit avec lui, j'aime bien son fils. En fait, je suis même bien vue de son père estimant que j'ai une bonne influence sur lui. Il sait certainement que je suis devenue première de classe, sans tricher, grâce à une meilleure concentration lorsque j'étudie. Je suis considérée comme une élève sérieuse. Oups ! En fait, j'avais essayé de tricher en sondant un prof lors d'une interro. A ma grande surprise, il ne pensait à rien hormis au Tiercé. J'étais plutôt déçue.

Papa et Maman m'ont demandé ce que je souhaite faire plus tard.

— J'essaierais bien des études de droit. Je me vois bien comme redresseuse de torts.

— Avocate ?

— Oui, ou juge, pourquoi pas ? Je pense être plutôt douée pour sonder le cœur et les esprits des gens...

Je souris et n'en dis pas plus. Mes parents semblent heureux de savoir que j'ai un but dans la vie. Il est vrai que je suis devenue très... compétente pour sonder les personnes, quelles que soient leurs conditions.

Je fréquente toujours assidument l'école de yoga de mon Maître. Nous faisons souvent des joutes de tentative de pénétration de l'esprit afin d'affûter ma puissance. Depuis peu, je le surpasse. Je n'en abuse jamais, il reste et restera toujours mon Maître. Je le respecte infiniment. Il se fait vieux, il est plus vite fatigué, il mange alors beaucoup malgré ses problèmes gastriques.

— Maître, est-il possible de puiser de l'énergie à une source proche pour ne pas devoir utiliser la sienne?

— En théorie, c'est possible. A ma connaissance, personne n'y est encore parvenu. Mais cela ne signifie pas que cela n'a jamais été fait.

J'ai beaucoup grandi, je suis sûre de moi, j'attire l'attention des jeunes hommes en rue. Une fois, l'un d'entre eux s'est montré inconvenant. Je l'ai interpellé et l'ai regardé droit dans les yeux. Etrangement, il s'est mis à bégayer, à transpirer et s'est couvert de ridicule devant tous ses copains, sans que je lève le petit doigt. Je suis certaine qu'à l'avenir, il évitera de me harceler. Il a aussi perdu beaucoup de sa superbe devant ses potes.

Cette petite altercation m'a un peu fatiguée. Dorénavant, par précaution, j'aurai toujours un en-cas et du sucre sur moi au cas où j'aurais besoin d'un boost d'énergie. On n'est jamais trop prudente.

Mon copain est parti aux Etats-Unis pour refaire sa rhétorique et perfectionner son anglais. Il est vrai qu'en sortant d'un athénée en Belgique, par rapport aux lycées américains, les étudiants ont souvent de l'avance en sciences, et ne doivent faire des efforts qu'en anglais, en géographie et en histoire qui, là-bas, est fort centrée sur la colonisation britannique, la guerre d'indépendance et la conquête de l'Ouest.

Je me suis inscrite à la Faculté de Droit et Criminologie de l'Université Libre de Bruxelles. C'est un établissement correspondant bien à ma philosophie: le libre-examen, la liberté de pensée est la base de l'enseignement qui y est dispensé. Gare, cependant, aux professeurs à l'égo surdimensionné qui malgré ces préceptes de base n'acceptent pas les contradicteurs, ni les contradictions. Je saurai certainement les détecter à temps.

Mon ex est revenu des Amériques et s'est inscrit dans la même faculté que moi, dans le but d'intégrer le cabinet de son paternel. Mais aux partiels de janvier, il a été contraint, au grand désarroi de son père, d'arrêter les cours. Il a voulu recommencer notre histoire, mais je n'ai plus vraiment le temps pour la bagatelle. En effet, j'ai un peu de mal à suivre le rythme soutenu des cours, la quantité de matière à ingérer est impressionnante.

Il y a cependant une certaine logique dans les matières enseignées. Je commence seulement à la comprendre. J'espère que cela me facilitera les choses dans les deux années de master.

Lors d'un séminaire donné par un assistant, mon prof de droit constitutionnel m'a affirmé que je ne deviendrai jamais avocate. J'ai tenté de le sonder. J'ai à peine effleuré son esprit : une boule brillante toute lisse. J'ai quitté immédiatement la salle. Ainsi, il est comme moi, ... Il est tellement arrogant qu'il doit être dangereux de l'affronter seul.

Cela n'empêche, me voilà titulaire d'un master en droit, spécialisée en droit pénal. Avec Aline, une copine de la Fac, nous sommes stagiaires dans un grand cabinet bruxellois. Ce n'est pas le luxe, mais je gagne déjà ma vie. Nous allons passer le concours à l'issue de notre stage et nous inscrire comme avocates au Barreau de Bruxelles.

Comme débutante, je suis désignée comme avocate pro deo pour défendre un pauvre bougre. Nous nous faisons la main sur des affaires prétendument sans grand intérêt. La partie adverse est défendue par... notre professeur de droit constitutionnel. Je suis d'une humeur massacrante. Comment se fait-il que le plaignant puisse se payer un tel avocat aux honoraires si confortables ? Alors que je doutais fortement de mes chances, je m'aperçois que le plaignant a, comme la plupart des gens, un esprit ouvert à tout vent. J'y découvre ainsi des secrets qui l'incriminent directement ainsi que son frère. Cela pourrait me donner la victoire. J'introduis une demande de complément d'enquête et un report de l'audience. Les protestations de mon prof n'y ont rien changé, mon argumentaire étant jugé recevable par le président de la Cour, ma requête est acceptée. Maintenant, c'est à la police de faire à nouveau, ... ou enfin son job. Mon ancien professeur aurait pu se rendre compte de mes facultés s'il n'était aussi imbu de sa personne.

Pour l'instant, j'ai gagné un peu de temps et les félicitations des patrons du cabinet pour mon argumentation. Quelques mois plus tard, les conclusions de l'enquête ont conduit le ministère public à abandonner les charges à l'encontre de mon client et à ordonner l'arrestation et la mise en détention provisoire du plaignant et de son frère, malgré la vibrante plaidoirie de son avocat. Le pauvre bougre que nous avons défendu recevra bientôt des indemnités en dommages et intérêts substantiels avec des retombées plus que positives pour le cabinet.

J'ai célébré cette victoire avec Aline au champagne. La teuf était d'enfer, elle a duré toute la nuit !

Maintenant, je fais encore régulièrement du pro deo, mais j'assiste de plus en plus souvent le patron en lui soumettant parfois une petite idée provenant ... de nos dossiers bien documentés, assurément, mais aussi, ... peut-être, ... qui peut l'affirmer avec certitude, ... provenant d'un esprit grand ouvert à qui sait y pénétrer.

J'ai réussi avec brio le concours du Barreau. Je fais la fierté de mes parents. Je n'embête plus François, il a pris de la maturité. Bizarrement, il n'est plus du tout maladroit... Nous nous entendons bien maintenant. Il est plombier et compétent. Il a énormément de boulot et gagne un pognon fou. Je serai d'ailleurs, au printemps prochain, un peu grâce à lui et surtout à sa charmante compagne, marraine d'une petite fille.

Moi, Céline, chétive, mal dans ma peau, petite sorcière, je suis devenue grande et maintenant, je prends mon envol.

Mesdames et Messieurs, tremblez si vous êtes malhonnêtes, je n'aime pas ça. Ne vous présentez jamais, ni contre, ni même avec moi car vous serez démasqués. ■

ISABELLE GIRAUDOT

Secret de famille

J'ai toujours aimé écrire :

- des poèmes, que je lisais à mon instituteur du CM2 dans la cour de l'école, pendant les récréations. Patient et compréhensif, il m'a incitée à poursuivre l'expérience.

- des chansons, déposées à la SACEM et interprétées sur scène, avec parfois un succès d'estime, ce qui est mieux que pas de succès du tout.

- des mémoires pendant mes années d'études de droit, austères et rébarbatifs, mais qui m'ont permis d'obtenir un Master II, ce qui n'est pas rien.

- des nouvelles dont plusieurs primées ou publiées dans des recueils collectifs, ainsi en 2022, premier prix des concours, de la Médiathèque d'Uxem (59), de la bibliothèque de Guitres (33), de l'association de la Chartreuse de Pont sainte Marie (63), et de la médiathèque de Berric (56) en attendant la suite…

- des romans pour lesquels je n'ai pas encore trouvé d'éditeur mais je ne désespère pas.

Secret de famille

J'étais souvent venue dans le grenier mais jamais je n'avais prêté attention à cette vieille malle en cuir qui traînait dans un coin. Dans cet univers mansardé et poussiéreux, j'avais toujours l'impression de faire des découvertes extraordinaires : une poupée à la robe déchirée, un ours en peluche auquel il manquait un œil ou un camion de pompiers, dont les roues, légèrement déviées, le faisaient avancer de travers.

Aujourd'hui, j'étais seule à la maison. Mamie était allée rendre visite à une amie, Sophie, qui était tombée chez elle dans les escaliers, et s'était foulé la cheville.

J'avais bientôt quinze ans. Les poupées, les ours en peluche et les camions de pompiers ne m'intéressaient plus guère. J'ouvris la malle et farfouillai dedans, espérant y trouver quelque chose d'insolite.

A l'intérieur, je trouvai d'anciennes photographies de Mamie : enfant sautant à la corde dans la cour de la maison, adolescente à bicyclette, jeune fille cueillant des pommes dans le jardin, adulte le jour de son mariage, puis maman avec Jules, son deuxième fils, dans les bras.

J'atteignis bientôt le fond de la malle. Il me sembla que la hauteur de celle-ci ne correspondait pas à la profondeur qu'elle aurait dû avoir. Je cherchais à tâtons un tiroir ou un double fond quand je sentis céder une planche sous mes doigts. Quelque chose de caché, c'est toujours excitant. Ma curiosité fut cependant déçue. Au fond de la malle, je ne trouvai que des photographies et aucun trésor.

Elles étaient très anciennes et leurs couleurs passées. Sur presque toutes, on distinguait une femme, sans doute une aïeule de ma grand-mère tant elle lui ressemblait de façon frappante.

Sur l'une, on la voyait en tutu de danseuse, levant gracieusement les bras. Au verso de la carte quelqu'un avait noté : représentation de l'Oiseau de Feu, Paris, 1909. J'étais intriguée. Jamais personne n'avait parlé, dans la famille, d'une danseuse étoile.

Sur une autre, on la distinguait près de ce qui ressemblait à une église orthodoxe, aux couleurs vives, dans un paysage de neige. Chaussée de bottes, la femme portait une sorte d'uniforme. Au dos était inscrit : Cherotv, 1890.

Je continuai mes recherches, intriguée. La troisième photographie me surprit encore plus. C'était toujours le même visage mais cette fois-ci, la femme se trouvait habillée en infirmière et posait fièrement près d'une jeep. La légende indiquait : Haute-Volta, 1932. A ses côtés, un homme en blouse blanche, sans doute un médecin à en juger par le stéthoscope qu'il portait autour du cou, se tenait droit, le regard fier et important près de deux gardes du corps, en costume colonial.

J'étais en train de contempler une autre photographie lorsqu'une voix m'interrompit :

— Tu es là-haut ? C'est Mamie. Je viens de rentrer. Je fais du thé. Tu en veux ?

— Oui, Mamie, merci, j'arrive.

Je remis tout en place et une photographie s'échappa. La même femme posait devant une pyramide et tenait dans une main un disque doré, symbole du dieu soleil Amon-Ré et dans l'autre une statue d'Osiris, l'aimé d'Isis, revenu du royaume des morts. La symbolique était évidente. La vie triomphait de la mort comme le soleil qui renait chaque matin.

Je descendis prendre le thé avec Mamie. Elle me raconta sa visite chez Sophie et plaisanta un peu sur « *les Malheurs de Sophie* ». Ensuite, elle me demanda ce que j'avais fait en son absence. Je lui racontais ma visite nostalgique au grenier, puis je l'interrogeais prudemment sur la présence de la vieille malle dans le grenier et les photographies qu'elle contenait.

Elle prit un air étonné et m'assura qu'elle ne s'en souvenait plus. Elle ajouta qu'il s'agissait sans doute de vieilleries sans importance. Elle me confirma ensuite n'avoir jamais entendu parler de danseuse parisienne, de voyage en Russie, d'infirmière coloniale ou d'une expédition en Egypte. Je regardais Mamie et la trouvais différente, moins franche que d'habitude, presque méfiante.

Je n'insistai pas et changeai rapidement de sujet de conversation. Demain après-midi, elle avait rendez-vous chez le médecin. Je disposerais donc de tout mon temps pour photographier les archives familiales à l'aide de mon portable. La soirée s'écoula tranquillement. Le sujet paraissait totalement oublié quand, avant d'aller nous coucher, elle me dit que j'étais bien curieuse et que la curiosité était parfois un vilain défaut. Prononcés par ma grand-mère, ces mots ne pouvaient constituer une menace. Était-ce une mise en garde ?

Elle sourit devant mon air inquiet, puis ajouta que si je voulais vraiment comprendre l'histoire de ces photographies, elle pouvait me proposer quelque chose. Je donnai mon accord. Elle m'expliqua qu'elle allait me fournir des indices afin que je découvre, par moi-même, de quoi il s'agissait. Je jubilais intérieurement. Ainsi, j'avais raison, il y avait bien quelque chose de bizarre.

Elle me regarda d'un air étrange, comme si elle lisait à travers moi et me donna le texte d'une devinette, me disant que j'aurais toute la nuit pour y réfléchir et qu'elle me donnerait peut-être la réponse demain, si je ne la trouvais pas par moi-même. La question était la suivante : « *Quel est le point commun entre Rabelais, La Fontaine, Voltaire et J.K Rowling* ? ».

Après avoir fouillé en vain dans les rayons de la bibliothèque, pourtant bien garnie, qui se trouvait à l'étage, je ne trouvai rien de probant : aucun point commun entre ces auteurs, pas de lieu de naissance similaire, des styles littéraires totalement différents tant sur la forme que sur le fond, des périodes historiques éloignées, trois hommes et une femme, trois Français et une Anglaise. Même le public auquel les auteurs s'adressaient variait : on y trouvait presque tout, du monarque à l'homme du peuple en passant par les enfants ou les jeunes adultes.

Le lendemain, je lui avouai, penaude, que je n'avais aucune idée de la réponse. Elle me répondit que c'était fâcheux, sourit malicieusement et me donna un indice supplémentaire. Je devais penser à un animal imaginaire pour trouver la réponse. Devant mon air imbécile, elle se moqua gentiment de moi, me répétant qu'elle ne m'aiderait pas plus. Son air ennuyé d'hier avait laissé la place à une attitude beaucoup plus détendue. Si je voulais percer son secret, il allait falloir que je m'accroche. Le petit déjeuner terminé, je remontai dans ma chambre, le cerveau en ébullition.

Je savais qu'après la saga Harry Potter, J.K. Rowling avait écrit « *Les animaux imaginaires* ». J'étais certaine que cette fois-ci, j'allais trouver la réponse en feuilletant le livre. Mais je m'interrogeais. Quel rapport entretenaient les animaux imaginaires avec Rabelais, Voltaire ou La Fontaine ? Ils avaient, eux, l'esprit pragmatique et cartésien, pas du tout versé dans l'imaginaire. Je pataugeais lamentablement. Ne sachant pas comment m'y prendre, je fis alors une liste de ce que je savais et complétai mes connaissances en recherchant sur le Web :

— Licorne : le seul livre que je connaissais qui parlait de licorne était « *Tout ce qui est sur terre doit périr* » de Michel Bussi. J'avais également en mémoire la tapisserie de la Dame à la licorne, dont les manuels d'histoire du Moyen Âge reproduisaient fidèlement les traits, mais cela ne m'avançait pas beaucoup.

— Dragon : plutôt que la littérature, il m'évoquait des images chrétiennes de saint Georges ou saint Michel le terrassant. Cela ne pouvait pas être ça.

— Serpent ailé : sur Internet j'appris qu'on l'appelait également guivre, transformé par Marcel Aymé en Vouivre pour les besoins de son roman, mais là non plus, je ne voyais aucun rapport avec La Fontaine ou Rabelais.

— Coquecigrue : oiseau moitié cigogne et moitié grue. Je m'apprêtais à quitter le dictionnaire Robert sur Internet, mon meilleur ami du moment, lorsqu'un nom familier attira mon attention : « *Plutôt que quand les poules auront des dents, Rabelais préférait l'expression à la venue des coquecigrues, c'est-à-dire... jamais. Aujourd'hui, le mot a pris le sens de balivernes ou sornettes* ». Ah ! Ah ! Je savais bien que j'allais finir par trouver quelque chose. Mon espoir retomba aussi vite qu'un soufflé au fromage sorti trop tôt du four. Aucune trace de Coquecigrue chez Voltaire, La Fontaine ou J.K Rowling. Et Zut !

En désespoir de cause, je rajoutai sur ma liste, des créatures moitié humaines et pour partie animales, me disant qu'on ne sait jamais ce qu'on va trouver en convoquant le hasard.

— Sphinx : je crus y voir un rapport possible avec la photographie de pyramide que j'avais trouvée, mais ce rapprochement n'alla pas plus loin. Seul Voltaire avait un lointain rapport avec l'Egypte, ayant évoqué une princesse de Babylone.

— Centaure : Bof !

— Sirène : ???

Désespérée, je rattachais tout de même le Dahu à ma liste des animaux imaginaires, au risque d'être prise pour une parfaite idiote, puisque tous ceux que l'on avait envoyés à la chasse au Dahu n'avaient jamais rien trouvé et pour cause

L'après-midi, je remontai au grenier. Tout en gravissant les marches, je me disais que je savais peu de choses de la vie de ma grand-mère, hormis qu'elle était née à Phoenix, en Arizona, où son père, diplomate, ambassadeur ou homme d'affaires, était chargé de représenter les intérêts économiques de la France.

J'entrai, allumai et me dirigeai vers la malle. Je regrettais un peu que ma grand-mère, partie chez le médecin, ne m'ait pas proposé, à la suite de notre conversation d'hier soir, de classer les photographies ou de les examiner ensemble. Je soulevai le couvercle avec impatience, me réjouissant à l'avance de pouvoir prendre le temps d'examiner les photographies tout à loisir et, stupéfaite, reposai rapidement le couvercle. La malle était presque vide. Au fond, il ne restait qu'une photographie de moi, à laquelle je n'avais pas fait attention la veille.

Qu'est-ce que cela voulait dire ? Pourquoi avoir vidé la malle ?

Vers la fin de l'après-midi, je me précipitai vers Mamie dès qu'elle posa le pied sur le seuil.

— Toujours pas trouvé ?

— Non. C'est bizarre, il n'y a plus aucune photographie dans la malle.

— C'est normal.

— Pardon ?

— Tout disparaît un jour. Rien ne se perd, rien ne se crée, tout se transforme. Ce que nous vivons n'est qu'une apparence, un espace de temps. Un jour, on existe ici ou là, le lendemain, on meurt ailleurs.

— Tout va bien, Mamie ?

— Bien sûr, je sors de chez le médecin. Pourquoi est-ce que ça n'irait pas ?

Je la regardai bizarrement, m'interrogeant sur ses propos qui paraissaient n'avoir ni queue ni tête et lui proposai un thé, qu'elle accepta volontiers.

Après l'avoir bu, elle me donna de nouveaux indices.

— Je vois que tu as du mal à trouver la solution de mon énigme. Alors, je vais t'aider un peu. Ce que tu cherches se trouve à la fois dans le « *cinquième livre* » de Rabelais, dans la fable du « *Corbeau et du Renard* » de Jean de la Fontaine, dans « *La princesse de Babylone* », le conte philosophique de Voltaire, et dans le cinquième ouvrage de J.K Rowling.

— Je ne trouverai jamais, j'ai déjà tout essayé.

— Mais si, mais si ! Tu as toute la vie pour trouver et comprendre. Ne renonce pas si vite. L'une des grandes leçons de nos existences est d'avoir le courage de persister pour obtenir ce que l'on désire.

Je passai la soirée à chercher, à me creuser la tête en vain et ne trouvai rien. Le soir venu, elle monta m'embrasser. S'attardant un peu sur le pas de la porte, elle me regarda d'un air plein de tendresse comme si elle me découvrait pour la première fois. Dans ses yeux, il me sembla deviner une ombre de regret, comme si elle me voyait pour la dernière fois. Je m'inquiétai de cette tristesse passagère, mais ne dis rien. Je pensai que c'était peut-être cette histoire de photographies qui la tourmentait toujours.

Le lendemain, je descendis de bonne heure, ayant eu du mal à dormir. Sur la table de la cuisine, je trouvai un livre de contes russes, ouvert. Je me penchais pour lire le titre : « *L'oiseau de feu* ». Bizarre ! Le même titre que celui du ballet indiqué au dos de l'une des photographies que j'avais trouvée dans la malle. Serait-ce un indice supplémentaire ? Aucun bruit ne venait du reste de la maison. Mamie devait encore dormir. Ignorant l'histoire, j'attrapai le livre et commençai à lire.

C'était un très beau conte, triste et plein d'espoir. Un prince, Ivan, amoureux d'une princesse, capture un oiseau de feu dont la légende dit qu'il est capable de redonner la vie à celui qui est mort. Le prince lui rend sa liberté contre une plume. Ivan est ensuite fait prisonnier et se lamente de ne pouvoir épouser sa belle. L'oiseau de feu vient alors à son secours. A la fin de l'histoire, tout se termine pour le mieux et tout ce qui était mort reprend vie. Sous le mot « fin » quelques explications supplémentaires sont fournies au lecteur. J'apprends ainsi que l'oiseau de feu est également le nom du phénix, cet oiseau imaginaire qui a le pouvoir de se consumer puis de renaître de ses cendres.

Bon sang ! Mais le voilà l'animal imaginaire, celui que je cherche depuis deux jours, le phénix ! C'était là, sous mes yeux J.K. Rowling et « *L'ordre du phénix* », « *Vous êtes le phénix des hôtes de ces bois* » dit le corbeau au renard. Je vérifierai dans Rabelais et Voltaire, mais je suis quasi certaine que c'est la bonne réponse.

Je repose le livre sur la table de la cuisine. Il est presque huit heures. Bizarre que Mamie ne soit pas encore levée. Je monte l'escalier, frappe doucement à la porte de sa chambre et appelle :

— Mamie ? Mamie ?

J'ouvre doucement la porte. Personne dans le lit, ni dans la salle de bain attenante. J'inspecte toutes les pièces de la maison, le jardin dans lequel de nombreuses immortelles de toutes les couleurs, se balancent sous le vent. Personne !

Je m'approche du portail. Dans l'allée, un petit tas de cendres se consume tranquillement. Une odeur de cannelle s'échappe du centre du foyer. A côté sur le sol, une plume rouge est posée, près d'un petit mot.

« Comme un oiseau de feu, je renais de mes cendres,
Hier, je fus Mamie, demain il faut attendre.
Conserve mon amour, notre lien le plus tendre
Je te retrouverai et viendrai te surprendre ».

Les larmes montent. Je n'ai pas su comprendre l'évidence qui était là sous mes yeux. Je rentre dans la maison et ferme la porte sur le passé.

Dans le jardin, une minuscule vie s'éloigne, en sautant sur deux pattes, du tas de cendres. ∎

STEPHANIE GOOSSE

Donna ma belle

Schaerbeekoise de 43 ans, elle a toujours adoré écrire. Elle est diplômée en journalisme et communication de l'IHECS à Bruxelles.

Autrice non publiée de près d'une cinquantaine de nouvelles, elle a déjà participé à plusieurs concours d'écriture et a été lauréate de l'un d'entre eux. Elle a aussi participé à un spectacle de "Catch littéraire", la Lucha Libro. Elle pratique l'improvisation théâtrale depuis plus de vingt ans et travaille actuellement comme fonctionnaire en tant que "Data scientist". Son grand rêve est d'écrire et publier un roman d'horreur ou de science-fiction.

Donna ma belle

— Vous m'aviez dit de couper, alors moi j'ai coupé. Pas trop le choix, c'était plein de mauvaises herbes, de fougères et de ronces.

Le jeune ouvrier me regarde d'un air affligé et je m'empresse de le rassurer. Seule, j'aurais mis des semaines à défricher ce chantier. De plus, je ne suis pas vraiment un as du jardinage. Tout ce qui m'importe c'est de pouvoir accueillir mes amis et ma famille cet été pour célébrer mon emménagement.

Je sais que maman ne viendra pas. Elle a cette maison en horreur. C'est celle de son enfance. Je n'ai jamais su exactement ce qu'elle y avait vécu de si horrible. Mais à la mort de ma grand-mère, elle avait vainement insisté pour que l'endroit soit vendu ou définitivement rasé. Mais c'était sans compter sur ma tante Rose qui avait refusé puis s'y était installée. Elle avait versé comptant la moitié de la valeur du domaine à maman et celle-ci avait fini par s'y faire. Petit à petit, nous y venions même de manière régulière pour rendre visite à tante Rose. Je me souviens avoir passé des moments inoubliables avec mon frère dans cet immense Eden, y jouant à cache-cache derrière les buissons et les arbres, explorant chaque fleur, goûtant des fraises et courant après les papillons.

Puis un jour, ce fut le drame. Ou presque. Mon frère avait déniché de jolies baies en bordure de forêt et en avait mangé trois. Il m'a raconté bien après qu'elles étaient douces et sucrées mais qu'il s'était senti très mal très vite. Il avait eu de drôles d'hallucinations puis avait vomi. Je me souviens de maman qui hurlait, de papa qui vociférait et soulevait Antoine comme une poupée désarticulée jusqu'à sa voiture. Ils sont partis à l'hôpital me laissant seule en larmes avec ma tante.

Je me souviens parfaitement de ce qu'elle m'a dit ce jour-là :

— C'est ma faute. Je ne suis pas encore prête... mais je le serai. Et un jour, tu le seras aussi. Je suis désolée Claire.

J'avoue, je n'ai pas compris ce qu'elle avait voulu dire. Mais mon frère a survécu. Maman semblait être d'accord avec Rose sur un point. Tout était sa faute. Lorsqu'ils sont rentrés de l'hôpital, papa et Antoine sont restés dans la voiture. Maman est rentrée en silence, a regardé Rose d'un air glacial sans rien dire, m'a prise par la main et nous sommes parties sans lui dire au revoir. Après cet épisode, je n'ai plus jamais revu ma tante et je ne suis plus revenue dans la maison. Jusqu'à maintenant, dix années plus tard.

Rose est décédée d'un cancer il y a quelques mois. Me léguant au passage tout ce qui lui appartenait. Après toutes ces années sans contacts, et malgré la fureur de ma mère qui tenta de contester le testament, je reçus les clés du domaine familial la semaine dernière. Le jardin, jadis si magnifique et bien entretenu, était dans un état lamentable. J'ai donc fait appel à un jardinier pour s'en occuper. Tout comme Rose avant moi j'imagine, ce lieu m'a littéralement envoûtée au premier regard. Et malgré les mauvaises herbes, j'imagine immédiatement les fleurs luxuriantes et les buissons taillés, les oiseaux se posant sur les branches des arbres, tandis que je trônerai sur une chaise en osier à l'ombre, un livre à la main. Cet été.

L'argent hérité, même après taxes, me permettra de vivre à mon aise sans devoir travailler pendant quelques temps. J'ai donc décidé de l'utiliser pour prendre une année sabbatique, que je consacrerai à la rénovation des lieux. L'an prochain, je reprendrai peut-être des études, mais en attendant, j'entends bien en profiter. Je n'ai que dix-neuf ans, et même si maman m'a suppliée de mettre cet argent de côté et de vendre cette maudite maison, je préfère entamer ma vie d'adulte et goûter un peu à l'indépendance et à la solitude au milieu de la nature. Oui je suis privilégiée et sans doute pourrie gâtée, et alors ? Je suis aussi majeure et libre de faire ce que je veux de cette petite fortune que j'ai eu la chance de recevoir.

Quelques semaines plus tard, les rayons du soleil du mois de juillet me caressent la peau et je sens leur chaleur me réchauffer les os. Une douce odeur s'échappe du sol. J'ai déjà replanté pas mal de fleurs et je me suis arrangé un charmant espace sous le pommier où je peux profiter de l'astre du jour sans qu'il me brûle trop. Cet après-midi, j'effectue le tour de la propriété pour arracher les mauvaises herbes qui reviennent déjà. Et c'est là que je les ai vues, à l'orée du bois. Des jeunes pousses qui ne ressemblent en rien à celles que je connais déjà. Je suis sur le point de les arracher mais une voix retient ma main.

— Bonjour

Je me retourne et découvre devant moi, une femme magnifique. Elle a de grands yeux de biche, noirs, brillants et surplombant des joues roses et rebondies. Le reste de sa peau est pâle mais semble douce. Ses lèvres rouges et pleines s'ouvrent, laissant apparaître les perles blanches de ses dents.

Je ne sais pas ce qu'il me prend tout à coup, mais j'ai comme un désir charnel qui s'empare du plus profond de moi. Cette femme n'est pas juste belle, elle est splendide. Son regard m'hypnotise. Jamais une femme ne m'a fait un tel effet. J'ai eu deux ou trois amoureux dans ma vie, mais que des hommes. Mais cette apparition soudaine remet en question en une microseconde chaque once de ma sexualité. Je me bats contre moi-même pour reprendre mes esprits... je dois avoir l'air complètement ahurie et murmure un « *bonjour* » en retour.

Elle me sourit toujours.

— Je suis Donna, votre voisine. J'ai vu que vous aviez emménagé il y a quelques semaines mais je voulais vous laisser le temps de vous installer avant de passer. J'ai bien connu Rose, l'ancienne propriétaire. Nous étions de bonnes amies.

— Je suis Claire, sa nièce. Euuuuh... enchantée oui ! C'est gentil de passer. Venez, installons-nous. Vous voulez un verre d'eau ? Du thé ? Du café ? Je m'excuse je n'ai rien à grignoter...

Je bafouille totalement. Incapable de détacher mes yeux des siens.

— Du thé, avec plaisir. Je vous ai apporté quelques biscuits. Nous pouvons manger cela si vous voulez.

Puis, jetant un œil aux petites plantes à mes pieds, son sourire s'élargit encore.

— Oh vous devriez les laisser pousser celles-là. C'est Rose qui les avait plantées.

Nous sommes installées sous le pommier. Je mange mon deuxième biscuit et regarde Donna. Elle semble se détacher de l'environnement et en même temps s'y fondre parfaitement. Et soudain, une grande vague de bonheur m'engloutit. Je suis au bon endroit, au bon moment. Je ne comprends pas pourquoi ma mère aurait voulu que je me débarrasse de cette maison et de ce jardin. Je suis à ma place, à côté de cette créature magnifique. Nous bavardons de tout et de rien. Nous rions. Le moment est simplement parfait.

Puis elle s'en va et je reste là dans une petite rêverie. Elle reviendra, m'a-t-elle dit. Dans la chaleur de l'après-midi, et dans une douce torpeur, je m'endors.

Donna est revenue. Elle s'approche de moi. Tout doucement. Ses lèvres charnues se rapprochent des miennes et je me rends compte qu'elle ne porte pas de maquillage. Cette couleur carmin est naturelle. Elle m'embrasse doucement et mon corps entier s'embrase.

Nos langues se touchent. Nos mains s'emmêlent et se démêlent, puis nos corps se rapprochent. De plus en plus près. Nous nous explorons... et le rêve continue...

En sueur, je me réveille quelques heures plus tard, mais mon âme semble avoir mûri de plusieurs années. Ce rêve érotique m'a semblé tellement réel. Il était en tout cas extrêmement plaisant. Et tellement déroutant à la fois. Je touche la peau de mon visage et je sens une brûlure. Evidemment j'ai attrapé un coup de soleil. Je rentre chez moi prendre une douche glacée.

Donna est repassée quelques fois cet été. Et l'histoire s'est répétée. Nous parlons, grignotons ses pâtisseries. Mais jamais je n'ai osé faire le premier pas pour la séduire, et elle semble s'amuser de mon trouble. Quand on se voit, on parle de plantes. Elle mentionne parfois les astres, la lune et les vents. J'écoute d'une oreille distraite, la dévorant du regard. Et elle me sourit de ses lèvres pulpeuses. Puis elle part et les rêves érotiques se font plus forts, plus réels à chaque fois. Et je me réveille, le corps brûlant et l'âme en déroute. Je pense à elle sans arrêt. Il faudra un jour que je lui dise. Et là elle décidera. Soit nous vivrons mes fantasmes, soit elle ne voudra plus me voir. Je ne pourrais pas le supporter.

Septembre. L'automne approche enfin. Ma mère a refusé de venir, mon père s'est excusé mais il n'est pas venu non plus. Mes amis sont tous passés me voir et nous avons fait des fêtes. Des nuits de folie et de rires. Antoine est venu lui aussi. J'ai eu peur qu'il ne soit jaloux de mon héritage mais il n'en est rien. Je lui ai versé une part généreuse de l'argent reçu. Il m'a présenté sa nouvelle copine et m'annonce avoir trouvé un travail qui devrait le mettre à l'abri des ennuis financiers. Mon ingénieur de frère n'a pas oublié le jardin où il a failli mourir et il insiste pour retourner à l'endroit où il avait trouvé les fameuses baies. A ma grande surprise il nous mène là où Donna m'a demandé de ne pas arracher les petites pousses. Celles-ci ont bien grandi durant l'été. La plante qui a poussé sur plus d'un mètre de hauteur ne sent pas très bon. Des fleurs rouges brunâtres se mêlent à des baies noires entourées d'une corolle en forme d'étoile. Je connais cette plante. Je l'ai vue dans un livre un jour et je ne l'ai jamais oubliée.

— Tu devrais les arracher c'est dangereux, tu te rappelles ?

Antoine et sa copine rigolent. Il lui a raconté l'histoire. Mal à l'aise, j'acquiesce mais ne réponds pas. Après leur départ, je retourne dans le jardin. Je frissonne mais il ne fait pas froid. Je cueille une baie. Un peu de jus coule sur mon doigt. Machinalement j'y dépose ma langue. Le goût familier des biscuits de ma voisine se répand dans ma bouche. Et sa voix résonne dans mon dos.

— On l'appelle Belladone. Herbe au diable. Cerise empoisonnée. Elle a beaucoup de noms différents tu sais.

— La plante des sorcières ?

— Oui c'est cela

Je me retourne et fais face à Donna, mon empoisonneuse, si belle, si envoûtante. Celle qui m'a fait goûter, un peu malgré moi au fruit défendu. Elle s'approche et me fait face. Sa main me caresse doucement le visage duquel elle rapproche le sien et sa bouche prélève langoureusement sur mes lèvres une dernière goutte de jus.

— Rose ?

— Oui, c'est elle qui m'a tout appris. Et c'est ta grand-mère qui l'a initiée. Elle n'a jamais eu d'enfants et aurait bien voulu que tu lui succèdes, mais ta mère a toujours refusé. Elle m'a demandé de m'en charger avant sa mort. Claire, veux-tu devenir une sorcière ? C'est dans ton sang mais tu as le droit de refuser, comme ta mère l'a fait avant toi.

Elle s'éloigne de quelques pas puis se retourne. Me tend la main. Je me sens toute petite. Comme la belladone l'était en début de l'été. Une petite pousse qui doit grandir et accomplir sa destinée. Je sens encore le goût des lèvres de mon amie sur les miennes. Je glisse mes doigts dans les siens et je la suis dans la nuit. ∎

SERGE GORIELY

Pré salé pour deux

Serge Goriely, docteur en lettres et ingénieur en gestion, est un cinéaste belge.

Il a travaillé plusieurs années pour la télévision au Luxembourg, en France et au Mexique. Il a réalisé de nombreux documentaires et courts-métrages.

Il est aussi dramaturge (Les Sorciers, Realdemokratie, Cave Canem) ainsi que nouvelliste (STK 2029, Replica).

Comme chercheur à l'Université de Louvain il a publié de nombreux essais, notamment sur l'apocalypse à l'écran, le rire et les religions, et des auteurs de théâtre et cinéastes (Pasolini, Haneke, Mouawad, Kalisky).

Pré salé pour deux

— C'est ridicule ! se disait Solange, cette histoire ne rime à rien. Ce n'est que de la superstition !

Elle regarda sa montre. 23h03 !

— Moins d'une heure, je n'y arriverai jamais !

C'est vrai qu'elle s'était décidée tardivement, sur un coup de tête. Mais maintenant que les dés étaient lancés, que pouvait-elle faire d'autre qu'avancer et s'enfoncer à chaque pas un peu plus dans le dédale des marécages ?

Plus tôt, alors que le soleil avait déjà fini de projeter ses derniers feux, elle avait bondi dans sa voiture et filé jusqu'à La Garette, où elle s'était garée en toute discrétion derrière un gîte fermé. En sortant, elle avait empoigné son sac à dos. Elle n'avait croisé personne et munie de sa torche, elle avait remonté, comme indiqué, l'ancien chemin de halage qui longeait la réserve naturelle. Arrivée à la vieille écluse, elle avait trouvé sans difficulté la brèche dans le grillage qui barrait son accès. Elle avait ensuite emprunté des sentiers buissonneux et franchi une série de passerelles de bois au-dessus des conches sombres, en veillant toujours à suivre le parcours du prospectus qu'elle tenait serré dans sa main.

Le bon sens aurait voulu qu'elle ne cède pas à une tentation qui défiait la raison. Mais d'un autre côté, se disait-elle, qu'avait-elle à perdre ? Il y avait de fortes chances que cela ne se sache jamais. Elle n'avait averti personne de son expédition et la réserve était connue pour être déserte dès la tombée de la nuit. Et puis même si quelqu'un venait à l'apprendre... De nos jours, chacun n'y allait-il pas de son petit caprice ? À 37 ans, divorcée, sans enfants et habitant seule à Chantonnay, sa ville natale, n'avait-elle pas le droit de vivre, elle aussi, des expériences originales ? Il lui suffirait de dire qu'elle avait

103

jeté son dévolu sur la découverte de la nature dans sa région, comme d'autres optent pour le tango argentin ou les gorilles du Congo. Voilà tout ! Après tout, ne pouvait-il être exaltant pour l'authentique Vendéenne qu'elle était que de se rendre la nuit au milieu du Marais poitevin pour y contempler la pleine lune dans le ciel étoilé ?

C'est ce qu'elle dirait. Sans révéler bien sûr ses véritables intentions, comme celle d'être présente à minuit précis au lieu-dit des Deux Saules – le prospectus était formel sur ce point – soit au milieu de la partie la plus sauvage du site, là où les touristes ne mettent jamais le pied, afin d'y entrer en contact avec une mystérieuse brume.

Pour le moment, celle-ci demeurait invisible, mais Solange sentait que l'air, déjà plus frais, se chargeait d'humidité. Elle inspira profondément à plusieurs reprises. Ce premier contact lui plut, et elle eut la sensation d'un effet purificateur sur son corps.

Sa montre indiquait 23h31.

Heureusement, en ce début d'automne, le ciel était dégagé et le disque lunaire semblait illuminer, tel un projecteur, le trajet qu'il lui restait à parcourir. Elle força le pas. Bientôt, au détour d'une passerelle, elle sortit du sentier pour se diriger vers le plus haut talus qui se donnait à voir et qu'elle devait franchir. Par chance, la tourbière était sèche et le sol suffisamment ferme pour que ses pieds ne s'enfoncent pas. Une fois au sommet du talus, elle remarqua avec satisfaction près de la berge les deux saules qui, penchés et face à face, semblaient, comme des amants, tendre leurs branches l'un vers l'autre.

Un sans-faute ! Elle était arrivée exactement là où il fallait.

D'où elle était, Solange avait aussi une vue panoramique sur les marais. Comme la vie ordonnée et rassurante de la ville lui paraissait loin à présent ! Bien qu'elle ne soit qu'à une heure de route de Chantonnay, elle ne voyait devant elle qu'une étendue sombre et informe, où se mêlaient les silhouettes massives des arbres et le tracé morcelé des canaux dans lesquels se réfléchissaient les rayons de la lune. Sans le moindre signe de vie humaine.

Dans quelle aventure s'était-elle engagée ? N'était-il pas plus prudent de revenir ?

Entre temps, la brume avait fait son entrée. Des voiles blancs avaient surgi au ras du sol et commençaient à se diffuser en rampant dans la clairière.

Non, elle ne pouvait revenir en arrière !

En descendant, elle se rendit alors compte qu'elle n'était pas aussi seule qu'elle le pensait.

Au pied d'un des saules, une femme était accroupie au milieu d'un vaste cercle de bougies allumées. Elle était occupée à alimenter un feu qui lançait ses premières flammes depuis le fond d'un trou qui venait d'être creusé.

Exactement ce qui était demandé de faire dans le prospectus !

L'inconnue avait dû sentir sa présence, car elle s'était levée et venait dans sa direction d'un pas décidé. Il s'agissait d'une jeune fille blonde du genre bimbo. Solange eut un haut-le-cœur.

Elle l'avait reconnue : c'était cette peste de Jessica ! L'esthéticienne la plus incompétente de Chantonnay et probablement de toute la Vendée ! Elle avait débarqué deux semaines plus tôt à Golden Sensations, l'institut de beauté où Solange avait ses habitudes et, pour leur première séance ensemble, la garce lui avait coupé les ongles jusqu'au sang et ravagé les seins en les enduisant d'une crème anti-verrues qui pendant une semaine lui avait fait aussi mal que si on lui avait brûlé la peau.

— Quoi ! Toi ici ? s'exclama Jessica qui venait de la reconnaître. La vieille râleuse qui me cherchait les poux !

— Euh... Oui...

— Qu'est-ce que tu viens faire ici ? Tu ne vois pas que la place est prise ?

— Pardon, je ne savais pas.

Comme toujours, son réflexe était de s'excuser. Toute sa vie, elle avait eu tendance à courber l'échine et donner raison aux autres, obéissant sans discuter aux caprices de ses patrons et baissant les yeux quand ses collègues se moquaient d'elle. Elle avait même renoncé à exprimer sa douleur quand son mari l'avait abandonnée pour une plus jeune.

— Alors, qu'est-ce que t'attends ? Dégage ! grogna la mijaurée.

Solange contemplait le feu qui grossissait. Elle était impressionnée par le travail effectué par Jessica : le trou qu'elle avait creusé et puis rempli de branches de saule et de mottes de tourbe ainsi que les bougies disposées avec soin. Elle frémit. 23h47 ! Soit seulement treize minutes pour faire de même ! Sans compter tout le rituel qui suivait : les ingrédients qu'elle avait emportés, comme de la poudre de menthe et de l'encens de jasmin, et qu'il fallait ajouter en prononçant certaines incantations.

Solange sentit ses espoirs disparaître. Le temps était trop court. La seule solution était de faire équipe avec Jessica.

— Il faut être optimiste et miser sur la part bonne qui existe en toute personne, pensa-t-elle. Elle n'est peut-être pas si égoïste que ça. Et puis, elle n'a peut-être simplement pas compris que j'étais ici pour la même raison.

Elle arbora son meilleur sourire.

— Tu es ici pour la brume, n'est-ce pas ? Moi aussi ! lança-t-elle. Pourquoi ne pas vivre l'expérience à deux ? On s'aidera et ce sera plus sympa, non ?

Jessica la foudroya du regard.

— T'es sourde ou quoi ? T'as toujours pas compris que t'as pas ta place ici ? Faut être seule pour que ça marche !

Jessica s'était déjà montrée intraitable. Lors de l'incident à Golden Sensations, Solange avait voulu lui faire remarquer ses erreurs. Sans insister sur l'étendue du dommage et les souffrances qu'elle avait vécues. Juste les faits. L'autre s'était cabrée, l'avait traitée de tous les noms. Solange avait alors préféré ne pas répondre, mais s'était jurée de ne plus remettre les pieds dans l'institut.

— En plus, t'es trop vieille, mémé. Tu pues la mort !

Solange se sentit piquée au vif. Cette fois-ci, il fallait lui répondre. Et tant pis si le temps filait !

— C'est faux ! protesta-t-elle. Il n'est écrit nulle part qu'il faut être seul… Au contraire… Je vais te le prouver.

Elle ouvrit le prospectus, trouva rapidement le passage qu'elle cherchait et se mit à le lire d'une voix triomphante :

« *À tous ceux et toutes celles qui à minuit pendant la nuit de pleine lune la plus proche du jour de l'équinoxe plongeront leur corps entièrement nu dans la brume de la berge des Trois Saules, il sera donné tant la vie éternelle que le rajeunissement pendant une année !* ».

— Tu vois bien : « *Tous ceux* », « *toutes celles* ». On peut être plusieurs…

Solange leva la tête. Jessica avait disparu.

— Jessica… Jessica, où es-tu ?

Rien.

La brume avait entretemps envahi toute la clairière et s'était épaissie. Elle entourait à présent le bûcher et rendait les pieds invisibles, alors que de nouvelles nappes se déployaient jusqu'à la hauteur du torse.

Et puis quelle importance ! 23h51. Il ne restait plus que neuf minutes.

Solange courut vers l'autre saule et se choisit hâtivement un emplacement. Elle était très nerveuse et sans réfléchir, elle retourna son sac et le vida entièrement par terre. Dans le brouillard, elle ne retrouva plus rien, ni la pelle, ni l'attirail de sorcellerie. Même le prospectus avait disparu.

Solange se laissa tomber et resta prostrée entre les herbes, les bras en croix et les yeux vers la lune haute et pleine qui restait encore visible entre les flocons laineux.

— Pourquoi faut-il que je rate toujours tout ? gémit-elle.

D'à côté, des sons étranges parvenaient jusqu'à ses oreilles. C'étaient les incantations latines que prononçait Jessica. Elle ressentit alors soudain une forte envie d'agir. De toutes les actions du prospectus, il en restait une seule qu'elle était encore en mesure d'accomplir. Elle se releva, et se déshabilla complètement. Puis, guidée par le son des incantations, elle se mit à marcher vers le saule de Jessica. Les fumées commençaient à se propager et se mêlaient aux nappes de brume. Malgré sa nudité, Solange n'éprouvait aucune sensation de froid. Elle se sentait même à l'aise, comme réconfortée par ce mélange de fluides blanchâtres, de vapeurs humides et de particules brûlées. Alors qu'elle n'était plus qu'à quelques mètres de son but, les bruits s'arrêtèrent. Soudain, une créature surgit de la masse cotonneuse, les yeux haineux, les seins à l'air et un long couteau de chasse à la main.

— T'as pas compris, la vioque, je veux être seule ici, cria Jessica, y aura qu'une personne à rester jeune pour l'éternité, pas deux ! Et ce sera moi, pas toi... Alors, tu déguerpis fissa ou je te tue !

Elle avançait menaçante vers Solange lorsqu'une voix fluette et inattendue se fit entendre.

— Buenas noches, señoras !

Émergea alors un homme, lui aussi nu. Il était sans âge, chétif et maigrichon.

— Escousez-moi dé vous dérrranyer.

— Paquito ! Qu'est-ce que tu fais ici ? s'écria Jessica.

Solange avait aussi reconnu l'Espagnol qui servait d'homme à tout faire à Golden Sensations et dont elle avait pitié, car les esthéticiennes ne cessaient de le tourner en ridicule. C'est lui qui un jour lui avait révélé le secret de la Brume des Deux Saules et confié le prospectus, en remerciement des généreux pourboires qu'elle lui laissait.

— Vous brrrave dame, pas comme les autrrres, trré yentille avec moi. Cé prrrostectous il è cadeau. Yé crrois ça fairrre beaucoup di bien à vous, lui avait-il dit en s'inclinant.

Solange se mordit la lèvre. Elle aurait dû s'en douter : c'était Paquito qui avait parlé à Jessica de la brume et lui avait fourni les informations nécessaires. Cependant, elle ne comprenait pas ce qu'il venait faire là.

Jessica avait son explication :

— Oh le sale petit pervers ! J'ai tout compris. Tout ce fatras c'était pour qu'on vienne se foutre à poil devant lui !

Elle se précipita sur lui.

— Et tu pensais nous sauter ? C'est ça ? Tu te prends pour qui, espèce de cul-de-jatte ?

Le dominant de tout son buste, elle lui mit le couteau sous la gorge.

— Avoue ! lui souffla-t-elle. Ta brume de jouvence, c'est du pipeau, hein ?

Paquito sourit :

— No no, la brrroume elle é vrai. Mé pas tout à fait comme lé prrrospectous il lé dit.

— Parle clairement, grinça Jessica en abaissant son couteau. Et t'as intérêt à être convaincant. Faute de quoi, j'hésiterai pas à te les couper.

Solange voulut intervenir :

— Mais tu es folle... Arrête !

— Toi, pas un mot ou je t'arrange aussi.

Jessica n'avait pas pris la peine de se retourner.

— Aïe !

Elle venait de piquer l'Espagnol au ventre.

— Alors, tu parles ou tu veux que je descende plus bas ?

La masse gazeuse avait à présent dépassé leur tête et le bûcher était entièrement absorbé.

— Attendre, dit Paquito. D'aborrd, l'eau avec l'airrr pour la broume et lé feu avec la terre avec les foumées. Ensuouite, quand les quatrre éléments tous réounis sous la loune à minouit, chose mayique arrive.

— C'est pas une réponse. Je t'avais prévenu.

Jessica eut une grimace méchante et enfonça son couteau dans la chair de Paquito au niveau de l'aine, mais celui-ci continuait à sourire.

— Yé crois qu'il est minouit maintenant.

Sur la montre de Solange, les chiffres défilaient : 23:59:56, 23:59:57, 23:59:58, …

— Y la mayie é va commencer.

… 23:59:59, 00:00:00.

Minuit !

Paquito fut soudain agité par des convulsions violentes. Il poussa un puissant hurlement vers la lune et disparut dans les flots laiteux. Après un moment, deux mains puissantes aux longues griffes jaillirent. Elles s'emparèrent de Jessica et l'absorbèrent dans la nuée épaisse. Les cris désespérés de la jeune fille furent couverts par des grognements, puis plus rien, sinon des giclées de sang, dont certaines atteignirent Solange, restée tétanisée devant le spectacle.

Quand les mains griffues réapparurent, elle recula mais, perdant tout repère, trébucha et se retrouva par terre sur le dos. Devant elle, surgit alors une gigantesque bête velue à la tête de loup. Elle tenait sur ses pattes arrière, penchée vers l'avant. Se redressant, elle poussa un hurlement à effrayer la faune entière du Marais, puis se laissa tomber sur ses quatre pattes, juste au-dessus de Solange.

La Vendéenne ferma les yeux, sentit sur son corps un grand coup de langue – qui n'était pas désagréable – et elle put entendre une voix puissante et caverneuse lui dire :

— Faites-moi confiance señora, vous rétrrrouvez bientôt la yeunesse avec moi !■

CLOTILDE HERAULT

Fantasmagorie

Corrézienne, je vis sur le Bassin d'Arcachon depuis bientôt 30 ans.

Passionnée de lecture et d'écriture, j'ai publié 5 ouvrages, érotiques pour la plupart.

J'ai participé à des concours littéraires, trois fois pour celui organisé par Les clubs de la défense et ai été primée à chaque fois, dans les catégories Poésie, Contes et légende et Nouvelles, participation dans des domaines autres que l'érotisme.

J'anime ma page Facebook Clotilde Hérault Montastier avec un bonheur sans cesse renouvelé et y publie des délires et délices qui font le régal de mes lecteurs.

Merci pour l'intérêt que vous porterez à ma plume.

Fantasmagorie

Le jour venait de se lever et moi aussi par la même occasion. J'avais pris l'habitude de « *faire comme les poules* » disait maman. Levé dès l'aube, couché dès le crépuscule.

Des manies de vieux, soupirait-elle quand j'allais en visite en Gironde et que je me levais avant elle et regagnais ma couette dès le soleil couché. J'ai quarante-cinq ans.

 Je n'ai pas changé ! J'aime toujours les prémices du jour et les éclats du couchant.

Gamin de douze ans, j'ai toujours été attiré par la «*propriété* » d'à côté. J'y pense encore aujourd'hui, un café à la main en observant la progression de la lumière dorée du matin dans le ciel turquoise de ce milieu de juin.

J'avais déjà le goût sûr à l'époque. Cette maison, humainement, était une horreur. Une merde de briques, une aberration des années soixante. Elle avait des fenêtres qui donnaient sur les murs mitoyens et des portes en aluminium.

Entre cette barraque et la mienne, une clôture branlante endiguait comme elle pouvait l'invasion des herbes folles et des fleurs essaimées par les vents, partageant en deux un maigre terrain censé représenter un « *poumon vert* » dans ce lotissement aux maisons hétéroclites.

Un pommier chétif végétait courageusement dans cette brousse aux herbes crissantes, luttant contre vent et soleil avec une ténacité poignante.

Anne-Lyse était la fille des seigneurs de cette horreur urbaine.

Anne-Lyse était une merveille, La merveille du quartier. Une fleur dans cette citée pavillonnaire : Un visage triangulaire de poupée chinoise, des cheveux noirs aux reflets bleus, des yeux en forme de coffres aux trésors, une bouche sucette et les seins d'une Lolita.

Lys tigré était son totem. Elle plantait son tepee les jeudis, quand il faisait beau.

J'étais amoureux. On était tous amoureux ! Et nous vivions dans un bloc de cent logements sociaux.

Je suis resté ici, elle est partie.

Je suis resté dans ces horreurs. J'ai hérité de mes parents et j'ai fait carrière dans cette ville aux banlieues sordides ou bourgeoises. Ho, pas une carrière fantastique puisque je vis encore dans la maison de mes parents. Mais avais-je vraiment envie d'en partir, de ce quartier ?

Un café à la main, je regarde le bout de jardin ensemencé de souvenirs qui sépare nos maisons.

Il y a un fantôme sur la pelouse, une tente canadienne et un feu de bois.

Anne-Lyse jouait à la sorcière Indienne. Devant le tepee de nos jeudis, une foule faisait la queue : Poupées défraîchies, nounours mités, monstres en plastique de son frère... Une colonne de grands malades, attendant les soins magiques et les élixirs de Lys tigré.

Moi ? J'étais dans la file, attendant mon tour comme tout patient qui se respecte. Mon Anne-Lyse recevait un à un les souffreteux. Consciente de sa lourde fonction, elle les auscultait. Ses petits doigts caressaient, pinçaient, trituraient ces petits corps froids, asexués.

Dire qu'elle me laissait indifférent aurait été mensonge. A l'âge des boutons et des pollutions nocturnes, je me sentais attiré par elle. Petit fantôme dans des shorts trop larges, elle ressemblait à Jodie Foster, dans *"Taxi-driver"*. Une oiselle aux yeux trop grands, trop brillants. Elle avait onze ans. J'en avais treize.

Comme les jours d'une année - aussi longue qu'une traversée d'océan, sans voiles - mes souvenirs viennent tintinnabuler à la sonnette de ma conscience. De plus en plus souvent et avec l'insistance d'un vendeur d'assurances.

L'aberration des années soixante est toujours là, à l'abandon. Une lèpre de mousse noire a envahi, par plaques, les briques rousses au ciment disjoint que le crépi, lassé, a lâchement démaquillées.

Une pancarte « A VENDRE » pendouille au bout d'une chaîne de toit et, les jours de vent, marque les minutes, les heures, les jours et nuits de son grinçant métronome.

Je déguste la dernière gorgée de mon kawa, celle que je préfère, celle qui tapisse ma langue de son velours puissant et laisse sur mes papilles ses caudalies miellées et cuivrées.

Le temps a suspendu son vol et les bruits de la cité se sont tus. Il fait chaud en ce milieu de juin. La canicule a posé ses ailes sur les pavillons alentour. Tous sont clos, portes et persiennes.

L'allée serpente dans les herbes folles, le tepee, mon indienne aux pattes de grillon et le pommier de mon enfance... Il a dû plonger ses racines bien profond pour y puiser ses forces. Il est à présent énorme. Son tronc ressemble à une gigantesque patte d'éléphant et sa coupole feuillue dispense une ombre mouvante sur la pampa environnante et foisonnante de sauterelles et de fourmis.

Jamais une fleur sur cet arbre et donc, jamais un fruit, cela va de soi. Juste des feuilles et cette mousse barbue couleur de bronze rouillé qui petit à petit étouffe les branches les plus faibles et leur donne, dans le soleil couchant, des allures de chenilles momifiées.

J'en suis là de mes pensées quand une voiture se gare devant la presque ruine pavillonnaire qui jouxte mon logis. Un logo publicitaire annonce la couleur. Agence immobilière De la Tour d'argent.

Quelques minutes plus tard, un cabriolet rutilant se gare derrière. La conductrice en jaillit comme un zébulon de sa boîte. Une Indienne ! Une vraie.

Bottines de cuir fauve à franges et à perles, short en daim d'où jaillissent des brindilles de jambes, petit bustier de fin lin laissant à nu un ventre plat et bronzé poinçonné, au nombril, d'une étoile scintillante. Ce haut fripon brodé de papillons et d'étoiles lui colle insidieusement à la peau et l'on voit, plus que l'on ne devine, les pastilles moka de ses petits seins de pucelle. Le cou est mince et musclé et le visage...

C'est le même que celui de mon souvenir. Chat sauvage aux quinquets de faon. Pommettes aiguës, bouche rouge sang. Ses cheveux auburn sont tressés en nattes qui descendent jusqu'à sa taille et un bandeau de perles lui ceint le front de sa ligature multicolore.

Elle se penche brusquement vers son cabriolet et le haut taquin se décolle de sa peau. Juste le temps d'apercevoir ses petits nichons et ce qui me semble être un tatouage en haut de celui de droite. Déjà elle se relève, hissant à bout de bras un sac de peau, roux, frangé lui aussi, qu'elle passe en bandoulière.

Se sentant regardée sans doute, elle relève les yeux et m'apercevant, me fait un léger signe de la main et un clin d'œil appuyé.

M'a-t-elle reconnu ?

Je frotte mes yeux, frénétiquement. Je sens un début de nausée me tordre les boyaux. Un fantôme vient-il secouer mon estomac ou est-ce une overdose de kawa ?

Statufié au seuil de ma porte, je regarde mon délire, droit dans les mirettes. Cette chatte me guigne du coin de sa pupille et mes yeux saignent d'un trop-plein de souvenirs.

Quand je reprends pied dans ma réalité, elle secoue la main de deux hommes en cravate qui se sont extirpés de leur boîte à pub en passant la main dans leurs tifs - jolie femme oblige - et leur offre le spectacle de son petit cul moulé de peau en se dirigeant derechef vers le jardin en ruine. Elle y suit le tracé encore apparent d'une allée serpentine et stoppe d'un coup devant un rond d'herbes moins hautes que les autres. Les deux abrutis qui la suivaient de près en matant son déhanché la percutent presque.

Elle reste prostrée quelques longues secondes, comme en prière, devant le vestige de son enfance aux herbes roussies, puis relevant la tête, elle me prend des yeux, intensément, sourit du coin de la bouche - juste une mimique amusée - et reprend son chemin en secouant ses tresses.

Sa besace ! Après de longues fouilles qu'elle effectue en marchant, elle en extrait un trousseau de clés imposant qu'elle examine en tirant un brin la langue. Une semble lui parler qu'elle introduit dans la serrure de la porte d'entrée du logis où ils sont arrivés, à la queue leu-leu, comme une mini tribu en déplacement dans les prairies du Grand Manitou.

Mon cœur se serre. Elle va se retrouver seule avec ces deux lourdauds. Pourvu qu'elle ne les ausculte pas ! Ils disparaissent dans la pénombre et je tends l'oreille.

Une poignée de secondes plus tard, les persiennes de la façade sont ouvertes à la volée. Celles de l'arrière de la maison subissent le même sort et je vois son demi-corps penché en avant pour les appuyer au mur. Dans cette position, ses longues nattes pendent jusqu'au sol. Cordes pour grimper jusqu'à elle.

Elle qui, à la nuitée, venait se coucher à mes côtés et respirait le même air que le mien. Elle, Lys tigré.

Pendant que je prends le pouls de mes souvenirs, à côté c'est la guerre. Passant par les fenêtres, des objets et du mobilier s'écrasent sur la pelouse en friche. Les deux bellâtres ont tombé la cravate et remonté leurs manches de chemise. Mon indienne est retournée dans le jardin et postée sous la ramure du pommier, elle chante en tournant sur elle-même, les bras étendus et les doigts écartés.

Je note un ralentissement certain dans le désossage de la maison. Les déménageurs en folie passent plus de temps à bader à la fenêtre qu'à jeter les viscères de la turne d'Anne-Lyse sur le semblant de pelouse. Et j'avoue que je les comprends. J'ai moi aussi les yeux exorbités et la mâchoire pendante en matant le spectacle qu'elle offre.

Derviche, à demi nue, elle tourne sur elle-même en frappant le sol de ses talons. Tout en tournoyant, son corps se plie à la taille, tantôt à droite, tantôt à gauche et à chaque passage sa main glane des épillets dorés dont elle fait don au ciel. Ces comètes légères poudroient autour d'elle, l'auréolant de paillettes. Sa peau nue déjà cuivrée se pare de l'ocre roux du sable que ses pieds délogent d'entre les herbes frappées. Ses nattes tendues par la ronde folle lui donnent un air Fifi brin d'acier qui me ramène à ma petite enfance.

Elle tournicote toujours et une étrange mélopée s'échappe de sa gorge. Gutturale, presque inhumaine, cette plainte scandée me hérisse les poils, dévale sur mes reins à la manière d'une coulée de lave et percute mon ventre. Elle me la susurrait en m'auscultant et cette mélopée est restée plantée dans son subconscient comme une tique dans le pelage d'un chien errant.

Je recule dans l'ombre de la cuisine comme un vampire s'éloigne de la lumière du soleil. Je respire à m'en faire éclater les poumons l'air aux odeurs de vie quotidienne de mon chez-moi et retrouve, instinctivement mon état presque normal. Presque normal. J'ai juste les yeux qui piquent et je sens, sur ma joue, le sillon humide d'une larme.

Le chant cesse brusquement. J'avance de nouveau dans la lumière. Elle s'est arrêtée de tournoyer, haletante, les bras tendus vers la frondaison du pommier qui n'a jamais fleuri. Et il me semble, malgré l'absence flagrante de vent, que les feuilles du vieux solitaire frissonnent, respirent même. Les deux trouducs sont figés comme des ensevelis de Pompéi. La fenêtre où ils sont en arrêt sur image les encadre à la manière d'une moulure de tableau défraîchie. Je vois leurs pupilles fixées sur ma sorcière, sur son ventre haletant tout poudré d'or roux.

Elle, plantée sous l'arbre, cambrée comme un arc de Comanche semble écouter quelque voix.

Et puis...

Une fleur, dix fleurs, cent fleurs éclosent. Incroyable métamorphose. Voilà le vieux pommier au tronc écailleux qui se prend pour un jeunot et se couvre de fleurettes comme sur les estampes japonaises. D'un coup, les parfums de notre enfance embaument le quartier. Cela sent l'humus, la peau, le feu, les jouets, l'essence de ma sorcière chérie.

Puis elle se tourne vers eux. Ses yeux ressemblaient à ceux d'un puma. Leurs pupilles dorées reflètent les plaisirs de la chasse, la patience du prédateur face à sa victime, la traque, la fin inéluctable de la proie.

Ils reculent dans l'ombre, effrayés. Lys tigré se tourne alors vers moi.

Je recommence à pleurer. Le pommier perd la boule. Les pétales de ses fleurs tombent en confettis sur ma sorcière et de petites pommes se forment, verdissent, murissent puis tombent. Et de nouveaux bourgeons floraux apparaissent.

Les quatre saisons en quelques minutes ?■

JANINE JACQUEL

La poupée

Mes relations à la littérature sont simples, j'ai toujours aimé lire, voire relire des ouvrages qui m'ont particulièrement plu. Je n'ai jamais envisagé de ne pas avoir un livre "sous le coude", même si j'étais très occupée et je sais que je n'aurai pas assez de temps pour lire tous les livres qui m'intéressent car la liste est toujours aussi longue.

Quant à mes relations avec l'écriture, elles sont plus récentes. Comme je fais partie d'un club d'orthographe, je me suis mise à écrire des dictées. C'est à ce moment-là que je me suis aperçue que j'aimais écrire. Et des dictées aux nouvelles il n'y a qu'un pas, l'essentiel étant d'éprouver ce plaisir d'écrire.

Puisque l'occasion m'est donnée d'être en relation avec vous, je tiens à préciser que la tante Pacalla, héroïne de ma nouvelle, n'est pas un personnage de fiction. Je ne sais pas grand-chose d'elle, mais d'après ma grand-mère paternelle, elle était reconnue dans la famille, et même au-delà, pour sa connaissance remarquable des simples, qui lui permettait de soigner les gens d'une façon efficace et d'un moindre coût. Aux XVIe et XVIIe siècles, cette science - pour une femme - et cette activité auraient pu lui attirer des ennuis certains. C'est pourquoi je n'ai pas hésité à en faire une sorcière, tournée vers le bien, qui soulage autrui, à l'opposé de la poupée, symbole tout à la fois de la société de consommation et du narcissisme exacerbé qui règne dans le monde du paraître.

La poupée

Après le départ des déménageurs, on découvrit un carton supplémentaire. Plus rapide que l'éclair et, comme poussée par un mouvement irrépressible, Léa s'en empara.

Dedans il y avait une poupée, la fameuse poupée qu'elle avait regardée dans sa belle boîte chez le marchand de jouets avec les yeux de Cosette, durant toute son enfance. Elle l'avait vainement réclamée à sa mère et sa persévérance quémandeuse n'avait eu d'égale que celle de sa mère qui, intransigeante pour une fois, s'était refusée à la lui acheter parce qu'elle la jugeait « *inappropriée* » pour une enfant. Très blonde, très mince, la poupée avait de longues jambes fuselées, une taille fine et une poitrine haute et conquérante. Pour tout dire, sa silhouette avait une grâce incomparable. Un coffret l'accompagnait, qui renfermait une garde-robe complète et à la dernière mode.

Quand Julie, sa mère, vit la poupée, elle ne dit rien. Léa, qui faisait plus que son âge, était grandelette à présent et n'aurait plus envie de jouer avec elle : elle allait entrer en 4e dans un nouveau collège et avait suivi de mauvais gré ses parents dans leur nouvelle maison. Elle regrettait ses copines et le faisait savoir plusieurs fois par jour avec une mauvaise humeur plus ou moins feinte.

Les semaines qui suivirent le déménagement furent calmes et moroses. Léa s'aperçut vite que ses copines l'avaient déjà oubliée et en attendant d'en trouver d'autres, elle s'amusait à habiller la poupée, à lui inventer de nouvelles tenues en dépareillant ses vêtements. Quand le résultat obtenu lui plaisait, elle ne cachait pas sa satisfaction, se voyait déjà conseillant ses futures amies et les influençant par son bon goût, ses innovations et son audace. Cette occupation enfantine durait des heures et étonnait toute la famille.

Le changement du comportement de Léa et de ses préoccupations fut insidieux. Personne ne s'en aperçut tout de suite. Certes, elle ne quittait pas la poupée et dormait avec elle, alors qu'enfant, elle n'avait jamais ressenti le besoin d'avoir un « *doudou* ». Mais cet attachement inattendu ne semblait que chose sans importance.

Léa avait toujours été une très bonne élève, faisant la fierté de ses parents qui écoutaient religieusement les compliments et les louanges des professeurs. Ses frères, qui travaillaient juste ce qu'il fallait pour avoir la moyenne et se gargarisaient d'ajuster sciemment leurs efforts, la moquaient sans se gêner.

Mais au fil des semaines, les notes de Léa baissèrent, ses frères ricanèrent. Elle ne racontait plus à sa mère les anecdotes que s'échangent les collégiennes. Si elle daignait lui adresser la parole, c'était pour réclamer de nouveaux vêtements, décrétant que les siens pourtant quasiment neufs n'étaient plus à la mode. Ses nouvelles copines, à l'en croire, lui faisaient des remarques incessantes et désobligeantes. D'ailleurs, ses nouvelles amies ne ressemblaient plus à celles qu'elle fréquentait naguère : de jeunes personnes sagement mises et délicieusement polies. (« Bonjour, madame, s'il vous plaît madame, merci madame ! »). C'étaient des filles délurées habillées à la six-quatre-deux — selon la mère, mais à la dernière mode selon Léa — et au vocabulaire que Julie, qui aimait les euphémismes, qualifiait d'imagé.

Elle avait même détecté sur les habits de l'une d'elles, venue en visite, parfaitement à l'aise dans ses baskets, comme une odeur de cigarette. Julie fronça le nez, ne dit rien mais n'en pensa pas moins. Elle avait cru benoîtement que, Léa grandissant en âge et en raison, elle pouvait relâcher sa surveillance et lâcher la bride. Elle avait un travail qui l'occupait tellement et ses moments de liberté rétrécissaient comme peau de chagrin. Mais elle voulait rester une mère exemplaire et devait consacrer plus de temps à sa fille. Et elle pensa : « *Il y a très longtemps que je n'ai pas mis les pieds dans sa chambre...* »

Ce que Julie vit alors, elle ne l'oublierait pas de sitôt. Plus aucun livre ! Les rayons des étagères étaient vides ! Elle n'en crut pas ses yeux, Léa aimait tellement lire ! Sur les murs, les posters se chevauchaient et Julie, stupéfaite et désolée, ne s'attarda pas à les regarder. En revanche, elle regarda la poupée qui trônait sur le lit, habillée comme une gravure de mode, sa longue chevelure blonde déployée sur les épaules. Il sembla à Julie que ses yeux bordés de longs cils, dont on aurait dit qu'ils étaient réellement maquillés, lui lançaient un regard de défi et d'autre chose encore. Quoi ? Julie n'aurait su le dire mais elle éprouva un sentiment de malaise tenace et indéfinissable...

Plus on approchait de la fin de l'année, plus les résultats scolaires de Léa baissaient. Le temps des louanges des professeurs semblait bien loin et Julie ne pouvait s'empêcher de penser à ce qui, pour elle, était une catastrophe. Elle avait à cœur l'avenir de sa fille et ne savait que trop, par expérience personnelle, combien les études et les diplômes sont importants pour les carrières professionnelles féminines. Julie était sage et raisonnable quoi qu'en pensât sa fille. Elle était prête à bien des concessions sauf une — les études. Inutile d'attendre le concours du père, il était trop souvent absent et absorbé par des missions toujours urgentes qui l'emmenaient aux quatre coins du monde. Il lui fallait agir vite et seule, elle ne pouvait attendre une hypothétique amélioration de la situation. Il lui fallait une solution. Celle que Julie trouva, la meilleure selon elle, avait un nom : la tante Pacalla.

***

Une petite vieille aux cheveux blancs, coupés court se tenait bien droite devant sa porte. Elle était assortie à sa demeure dont les murs à colombages, et le vaste toit pentu se prolongeant en auvent attestaient la ferme « *du temps* ». Visiblement, elle attendait quelqu'un.

Bientôt une adolescente à la mine renfrognée descendit d'une voiture :

— C'est donc de cette grande godiche qui joue encore à la poupée que je vais devoir m'occuper !

Et le regard perçant dévisagea Léa. Mais bien vite la lueur inquisitrice s'éteignit d'un battement de paupières. Et la tante Pacalla (car c'était elle !) reprit sa bienveillance naturelle et souhaita la bienvenue à l'adolescente.

Les débuts du séjour à la ferme furent un peu difficiles. Léa n'avait rien dit à ses copines. Pour tout l'or du monde, elle n'aurait jamais avoué qu'elle allait s'enterrer deux mois à la campagne. La honte ! Elle attendit des coups de téléphone qui s'espacèrent bientôt pour enfin disparaître. Et Léa, plutôt que de s'ennuyer, fut bien obligée de se contenter de la seule présence de la tante Pacalla qui était fort occupée. En effet, l'été, le travail ne manquait pas à la ferme qui avait été transformée en petite entreprise maraîchère. Léa n'était pas paresseuse et sut bien vite cueillir et préparer les légumes pour la vente. Comme elle sut bien vite préparer des plats appétissants avec ces bons légumes sains et tout frais et faire des confitures avec les fruits du verger. Cette vie toute simple commençait à lui plaire et la personnalité de la tante Pacalla l'intriguait.

Quand Julie lui avait parlé d'un long séjour dans une ferme isolée auprès d'une parente un peu fantasque, Léa avait renâclé. Mais devant la grande colère de sa mère et son chagrin lorsqu'elle eut pris connaissance de sa moyenne « *catastrophique* » au 3e trimestre, la collégienne avait cédé n'exigeant qu'une chose, emporter sa poupée. Julie ne put se retenir :

— Encore et toujours cette poupée ! Elle m'horripile avec son regard de poisson mort et tout son fatras de robes et d'accessoires. Vraiment cette poupée incarne tout ce que je déteste chez une femme. D'ailleurs, je n'ai jamais aimé les poupées !

— Je ne partirai pas sans elle, ce n'est pas négociable, rétorqua Léa en prenant de grands airs.

Julie, pragmatique à son habitude, accepta. Après tout, ce n'était qu'un jouet stupide et Léa s'en lasserait bientôt, Julie en était certaine. Et elle ne pouvait s'empêcher de se faire des reproches (ce qu'elle n'aimait pas car elle voulait toujours bien faire) : que n'avait-elle acheté cette poupée si désirée quand sa fille la réclamait !

Quant à Léa, cette tante inconnue lui donnait à penser. Avant de la connaître, elle l'imaginait comme une vieille sorcière, au nez crochu et verruqueux, chevauchant un balai... (tous les contes qu'elle avait lus et relus lui étaient revenus en mémoire) et elle avait eu envie de la rencontrer.

À présent, Léa savait que la tante Pacalla n'avait rien de surnaturel. Elle était gaie, travailleuse et très en forme pour son âge, que par une coquetterie inattendue, elle ne voulait pas révéler. Elle boitait légèrement ou plutôt traînait la jambe et acceptait cette anomalie avec humour, parlant de sa « *patte folle* », sans donner d'autres précisions. Elle avait souvent, le soir, des visites discrètes. Léa aurait bien voulu en savoir davantage, mais la tante Pacalla éludait les questions et se fermait comme une huître si elle insistait. Plus tard, interrogeant sa mère, Léa apprit que cette fameuse tante savait « *barrer les brûlures* » et comme son rebouteux de père, remettre les membres démis à leur place.

La tante Pacalla n'avait pas fini de l'étonner. Tout d'abord, Léa s'aperçut qu'elle connaissait parfaitement les simples des prés et de la forêt qui entouraient la ferme, ces plantes médicinales aux multiples bienfaits. Et la jeune fille prit un immense plaisir à les découvrir en sa compagnie et à apprendre leurs vertus. Ensuite cette petite bonne femme qui ne payait pas de mine vouait un véritable culte aux livres et à l'histoire. Elle répétait à l'envi son adage favori : « *Comment savoir où l'on va si l'on ne sait pas d'où l'on vient* ? » Et souvent, après avoir écouté patiemment les récriminations de Léa (« Ma mère ne m'écoute pas, elle n'a pas le temps, il n'y a que son travail qui compte !»), elle lui racontait l'histoire de la région et de la famille : les guerres incessantes et leur cortège de malheurs, les persécutions de ses ancêtres, l'Inquisition et ses bûchers... À ces récits, le monde de Léa s'agrandissait dans le temps et dans l'espace, on quittait l'univers étriqué et superficiel des centres commerciaux et leurs boutiques et même la vieille ferme, son étang et sa forêt devenaient tout petits. Léa ne devait s'en rendre compte que bien plus tard quand ses études, ses lectures et les voyages qu'elle fit partout dans le monde eurent confirmé la portée de cette prise de conscience.

La rentrée arriva. Léa quitta la ferme, sans la poupée, mais chargée de paniers de fruits et de légumes et pleine de projets. Satisfaite, Julie constata la nouvelle assurance de sa fille et son air épanoui. Elle remercia la tante Pacalla qui à son habitude mit la métamorphose de Léa sur le compte de la fréquentation assidue de la nature et ses bienfaits.

***

Léa ne revit jamais la tante Pacalla car elle déménagea de nouveau. Des lettres et des coups de téléphone furent échangés, jusqu'au jour où le téléphone sonna dans le vide. À ce moment-là, Léa comprit que le séjour chez la tante Pacalla compterait, quoi qu'il arrive, parmi les moments les plus heureux de sa vie.

Et la poupée, que devint-elle ? Reléguée dans le coin le plus sombre de la chambre que Léa occupait dans la ferme, elle avait pressenti la fin de son influence. Elle rejoindrait bientôt le bric-à-brac du grenier et ressemblait désormais à un épouvantail : les couleurs de ses vêtements démodés avaient passé, ses longs cheveux soyeux étaient devenus ternes et cassants. De dépit, elle avait fermé ses beaux yeux bleu-vert pour ne plus les ouvrir — jamais.

Et moi, quand au volant de ma voiture, je passe devant la petite route qui conduit à la ferme, je ne peux m'empêcher d'avoir une pensée émue pour cette petite bonne femme qu'on appelait la tante Pacalla. ■

AMBRE LAFAUX

La magie du bonheur

J'ai commencé à écrire très jeune, nourrie par les univers de Pierre Bottero, de Maxime Chattam mais aussi de tout ce que j'ai pu trouver, de l'animation japonaise aux jeux-vidéos

Aujourd'hui, je suis sincèrement heureuse de pouvoir vous présenter cette nouvelle. Elle est une ode aux animaux de compagnie qui nous accompagnent chaque jour avec une fidélité à toute épreuve, aux chiens qui m'ont accompagnée et à ceux que j'ai hâte de pouvoir recueillir.

J'espère sincèrement qu'elle vous plaira !

(Photo par Fanny MONIER).

La magie du bonheur

Albin vient de fêter son premier anniversaire. Il n'en aura aucun souvenir mais ses proches, eux, n'oublieront jamais ce jour si particulier. Ses parents, en priorité, qui se remettent à peine du fait que leur famille se soit agrandie. Les oncles, les tantes, les grands-parents et même les plus proches amis du couple ont fait le déplacement jusqu'à leur petite maison de banlieue rangée de fond en comble pour l'occasion.

En un an, c'est la première fois qu'ils prennent le temps d'inviter des proches dans leur humble demeure. Albin ne sait rien de tout ça ; sa vie de bébé n'est pas des plus difficiles. Ses parents ne cessent de l'encourager à se lever et à marcher sur deux pieds comme eux le font alors même que marcher à quatre pattes est beaucoup plus agréable. Enfin, peut-être serait-il temps de leur faire plaisir ?

Plus le temps avance et plus Albin doit faire face aux stratagèmes incessants de ses parents pour le mettre debout alors que lui préfère sans aucun doute jouer avec Charlie, la chienne familiale. Albin l'aime bien. Elle était déjà là quand lui est arrivé et, depuis, il semblerait qu'elle l'ait pris sous son aile. Depuis le premier jour d'Albin au sein de la maison, Charlie reste à ses côtés, gardant un œil sur l'enfant comme s'il s'agissait de son propre chiot. Si les adultes tentèrent tout d'abord de la faire partir, ils abandonnèrent face à l'entêtement de l'animal. Charlie avait choisi de prendre soin d'Albin et rien ne pourrait la déloger. Par ailleurs, dès qu'Albin commença à se balader dans la maison, Charlie le suivait. Quelques fois, elle l'avait même empêché de se blesser au détour d'un meuble ou d'un seuil de porte. Lorsqu'il pleurait, elle lui léchait le visage. Lorsqu'il riait... elle lui léchait le visage aussi. À la maison, il était rare de trouver l'un sans l'autre.

Les parents d'Albin abandonnèrent pour la journée. Ce ne serait pas encore aujourd'hui que leur fils ferait ses premiers pas. Parfois, il fallait savoir s'avouer vaincu, même si ce n'était que pour revenir à la charge le lendemain. Charlie se rapprocha de l'enfant, le laissant mettre ses mains sur son dos. Tandis qu'il tentait de lui faire un câlin, elle attendait qu'il soit convenablement accroché à son pelage. Puis, elle avança d'une patte. Albin resta accroché à elle et avança son pied de la même façon.

— Chérie, viens voir !

Accroché au corps de la chienne, Albin avançait, petit à petit. Ses pas restaient fragiles et sa façon de se tenir montrait clairement qu'il tomberait à la moindre secousse mais, grâce à Charlie, il faisait ses premiers pas.

***

Erna rentre du collège. Les journées y sont si longues qu'elle croit perdre cent ans à chaque fois qu'elle y met les pieds. Heureusement, ses amis l'aident à trouver le temps moins long mais ce n'est pas toujours suffisant. Entre les mathématiques, le français et les autres cours plus interminables les uns que les autres, Erna n'attend chaque jour qu'une seule chose : être de retour à la maison pour décompresser et penser à autre chose. Sa mère peine à lui laisser ce droit. Dans sa tête, la première chose à faire une fois rentrée, ce sont les devoirs... et ces derniers durent des heures, surtout lorsque Erna n'a pas envie de les faire, c'est-à-dire quasiment tout le temps.

Alors, mère et fille sont tombées sur un accord. Trente minutes, c'est ce que la première accorde à la seconde comme temps libre une fois rentrée du collège et avant de se trouver à nouveau bloquée les fesses sur une chaise inconfortable à devoir réfléchir sur des exercices inintéressants. Ces trente minutes sont chronométrées et Erna n'en perd jamais une seule miette. À peine rentrée, elle jette toutes ses affaires sur le canapé avant de courir rejoindre Lola. Lola est la lapine adoptée par la famille, en cadeau à Erna. Depuis, la petite fille joue dès qu'elle le peut avec l'animal, passant d'une adolescente blasée par des journées d'enfermement à une enfant joyeuse et pleine d'énergie, prête à affronter une journée supplémentaire coincée entre quatre murs sans saveur.

***

Leo n'a pas de chance. La grippe fait des ravages depuis plusieurs semaines et voilà que son tour de l'attraper est arrivé. Idéalement, il aurait préféré aller au lycée, discuter avec ses amis, apprendre de nouvelles choses et rentrer au sein d'une maison chaleureuse. Au lieu de cette belle journée, il se retrouve alité et seul. Ses parents sont partis travailler et même si sa mère aurait préféré rester avec lui, elle ne peut tout simplement pas rater le travail. Même la petite sœur de Léo lui a laissé son doudou avant de partir pour la maternelle. « *Pour pas que tu sois tout seul, Monsieur Nours va rester avec toi* » avait-elle dit. Léo la trouvait tout simplement mignonne à souhait mais Monsieur Nours ne serait pas d'une très grande compagnie... ni d'une très grande discussion. En premier réflexe, Léo prend son téléphone portable qui traîne sur la table de chevet mais, au bout d'une dizaine de minutes, il sent que sa tête, emplie de migraines, n'est pas capable de rester plus longtemps concentrée sur un écran aussi petit. Sauf que Léo doit tout de même s'occuper. Lui qui a l'habitude d'être toujours en mouvement, toujours en train de réfléchir à quelque chose, ne supporte pas d'être bloqué par les couvertures qui contraignent son corps à l'immobilité.

Léo se sent doucement partir vers les limbes d'un inconscient demi-sommeil quand, soudain, un poids se pose près de lui. Les couvertures se tendent au fur et à mesure de l'avancée du nouvel arrivant. Voilà Marie, qui se rapproche de son visage pour y coller le sien avec tout l'amour qui lui est propre. Le chat tourne plusieurs fois autour de l'humain pour tenter de trouver un endroit particulièrement agréable. De son côté, Léo tente de se redresser pour s'installer confortablement et laisser à son animal une place sur ses jambes. Tout objet lié à une tentative d'éradication de l'ennui est balayé sur le sol où se retrouvent téléphone, cahiers, stylo et même mots-fléchés (une proposition de son père à laquelle Léo n'a pas touché du tout). Ses parents lui feront sûrement la remarque en rentrant mais, après tout, Léo est malade. Il peut et compte utiliser son état comme excuse pour expliquer que sa chambre ne soit pas parfaitement rangée. Marie se cale juste à côté de lui, à proximité de ses mains, demandant quelques caresses par la même occasion.

Le reste de la journée se passe entre somnolence et caresses mais, grâce à Marie, Léo ne se sent plus aussi seul. La présence de l'animal le fait se sentir gardé et, quelque part, il a même déjà l'impression de se sentir mieux.

***

Emilia pleure. Dévastée, elle se retrouve seule au pied du canapé, assise à même le sol. Ses cheveux ne sont pas aussi bien coiffés que d'habitude, ses yeux montrent un certain capharnaüm. Heureusement, personne d'autre n'est à la maison. Elle a l'habitude d'être seule mais, au moins, personne ne peut venir l'embêter, lui demander ce qui ne va pas ou essayer de l'aider à aller mieux en lui prodiguant quelques phrases bateau comme si cela pouvait changer quelque chose à son état. Non, Emilia a simplement besoin de temps... et de solitude. Si quelqu'un prenait la peine de déverrouiller son téléphone, il y verrait une photo prise quelque temps auparavant avec une autre jeune femme. Sur l'image, les deux s'embrassent, heureuses. Chacune porte une paire d'oreilles de Minnie et, derrière elles, le château de la Belle au Bois Dormant se dresse, majestueux.

Emilia doit changer son fond d'écran, le code secret donnant l'accès au téléphone, ses contacts, ses statuts... Elle doit modifier son fonctionnement, apprendre une autre manière de faire maintenant que tout cela est fini. En attendant, cependant, Emilia a bien le droit de pleurer. Leur histoire s'est terminée, sans heurts ou presque, avec la douceur d'une plume sur le bitume froid. Emilia ne lui en veut pas, pas plus que son ex petite amie ne doit lui en vouloir. Voilà leur temps fini, rien de plus. La simplicité du pourquoi leur relation n'est plus ne l'empêche pas de pleurer, de ressentir au fond de son cœur un trou béant, comme si quelqu'un s'était amusé à creuser pour créer un passage allant de part et d'autre de son cœur.

Un petit être vient se blottir contre elle, comme pour remplir ce manque, comme pour rattraper ses larmes qui mouillent le sol. Lassie et ses gros poils la chatouillent un peu, lui volent un maigre sourire. Au moins, Emilia se sent un peu moins seule. La douleur puissante existe toujours. Elle ne disparaîtra pas du jour au lendemain mais, avec Lassie à ses côtés, il lui semble possible de la combattre.

***

— Alors Lola, demande Charlie, comment va la petite Erna ?

Lola sourit. Ses cheveux d'un roux clair rappellent le pelage de sa forme lapine. Même ses oreilles restent, semble-t-il, plus longues que la normale. Elle répond que Erna va bien et demande quelques nouvelles d'Albin, l'humain dont Charlie a la charge. Cette dernière s'extasie sur le fait que le petit garçon sache désormais marcher. Lola sourit d'autant plus.

Leur rôle est une charge, certes, mais il ne faut pas oublier ces petits moments qui font que leur place a du sens, un vrai.

— Désolée du retard ! s'exclame finalement Marie, quelques restes de moustaches sur ses joues rougies. Léo est malade, je voulais m'assurer qu'il s'endorme avant de partir.

Lassie arriva quelques minutes plus tard, le regard perdu dans l'assemblée.

— Quelque chose te tracasse, Lassie ? l'interpella Lola.

— Emilia et sa copine ont rompu. Il faut absolument que je parle avec Lily.

Mais Lassie n'en a pas le temps puisque, au même moment, une jeune femme entre dans la pièce où sont rassemblées une quinzaine de femmes de tous âges. Une réunion de quartier bien originale.

— Mesdames, s'exclama la cheffe de cérémonie, une vieille femme qui tient sur une canne et dont les cheveux ressemblent à du foin. Je vous présente notre nouvelle recrue, Fraise.

La vieille dame se retourne vers Fraise qui semble être sur le point de s'évanouir en plein milieu de la petite estrade. Elle lui demande de proclamer son serment.

— Moi, Fraise. Je jure d'utiliser ma forme de sorcière et ma magie dans le but de protéger l'humain qui me sera assigné. Je resterai à ses côtés, sous la forme d'un animal de compagnie, pour le meilleur et pour le pire, dans la santé comme dans la maladie. Je resterai présente, accepterai les conseils de mes sœurs sorcières et accueillerai à mon tour les prochaines sorcières à venir parmi nous. Enfin, lorsque le temps sera venu, j'accepterai de changer de forme pour accompagner un autre humain.

La salle explose en bruits d'animaux en tous genres. Bien qu'il soit techniquement incapable de comprendre quoi que ce soit de ce capharnaüm, Fraise comprend un mot un seul : « Bienvenue ».

Désormais, elle aussi aura la charge d'un humain.∎

LILA MESSAOUDI

Et s'il suffisait d'attendre

La littérature, c'est un coup de foudre avec une de mes autrices préférées, Agatha Christie, que j'ai découverte à 12 ans. Et c'est grâce à elle que je me suis mise à lire. Car avant cela, la lecture avait pour moi un côté très laborieux. Donc d'une lecture imposée par mon professeur de français est née une passion, celle de la lecture de romans policiers principalement mais également de littérature anglaise, française et russe du XIXème siècle.

Depuis 2017, je participe à des concours de nouvelles, et j'ai été récompensée à trois reprises.

Ce que j'aime, ce sont les vieux films en noir et blanc, la peinture italienne, l'histoire et aller au théâtre.

Et mes préoccupations sont les animaux et leur bien-être.

Et s'il suffisait d'attendre

Une décharge électrique traversa le ciel éclairant la lisière du bois. La voiture avançait avec lenteur. Les routes étant recouvertes de boue, Ann restait prudente. La pluie battait son plein depuis le début de l'après-midi. Elle n'avait pas eu envie de sortir mais Emma raffolait de cette ambiance, si particulière. Elle l'inspirait. Alors, et malgré le temps, elles avaient pris la route. Elles étaient conviées par l'éditeur d'Emma en compagnie de quelques autres invités triés sur le volet. Emma ne raffolait pas spécialement de ces soirées mais quelque chose la poussa à accepter. La route principale avait été coupée et la police leur avait conseillé de contourner le lac, de longer le bois et de traverser le petit village de Farmook. Le trajet ne serait allongé que d'une demi-heure, tout au plus. La pluie redoubla de violence. Ann, penchée en avant, suivait du regard le va et vient des essuie-glaces tandis qu'Emma restait stoïque et taciturne, le regard fixé droit devant elle. Tout à coup le tonnerre gronda. Ann sursauta avec violence et la voiture cala comme si c'était elle qui était effrayée.

— Rebroussons chemin.

— Pourquoi ?

— Nous nous enlisons. Et j'avance à l'aveuglette.

Emma se tourna vers la jeune femme avec un sourire entendu.

— Ne sois pas si effrayée. Ce n'est qu'un orage.

— Je connais ce regard.

Ann relança la clé de contact. Cependant le froid et la pluie semblaient vouloir les bloquer ici. Le moteur ne démarrait plus. Était-il noyé, comme on disait souvent sans que Ann sache réellement ce que cette expression pouvait signifier. Elle essaya de nouveau mais la voiture ne répondait plus.

Le temps s'affolait. Les arbres semblaient danser au-dessus de leur tête comme des éventails immenses prêts à les avaler. Emma ouvrit la portière. Enveloppée de sa longue cape noire, elle ressemblait au personnage de son dernier livre. Ce mystérieux assassin qui semblait traverser les murs les plus solides. Elle se retourna vers sa compagne pour lui signifier qu'il fallait qu'elle la suive. Ann agrippa son imperméable et un parapluie et sortit avec précipitation. Elle préférait suivre Emma que de rester bloquée seule au milieu de nulle part. Tout en avançant, elle jetait des regards effrayés tout autour d'elle. A peine avaient-elles franchi le second virage qu'une haute demeure apparut. De la lumière éclairait le rez-de-chaussée. Ann crut un instant qu'elles étaient arrivées à destination mais elles s'étaient beaucoup trop éloignées pour que cela soit possible. Emma fit tinter la cloche suspendue sous le porche. De la fenêtre, le visage d'une femme apparut.

— Qu'est-ce que c'est ? cria-t-elle.

— Bonsoir répondit Emma d'une voix suave, nous sommes tombées en panne à quelques pas d'ici. Pourrions-nous utiliser votre téléphone ?

La femme regarda Emma avec suspicion. Alors Ann crut bon d'ajouter qu'elles voulaient simplement téléphoner à Charles Roning pour lui demander de venir les chercher.

— Roning ? L'éditeur ?

— Oui. Nous sommes conviés chez lui ce soir.

La femme s'éloigna de la fenêtre avec empressement et vint leur ouvrit la porte. Si ces deux femmes étaient conviées chez la célébrité locale, c'est qu'elles devaient avoir de l'importance. Peut-être des actrices. Ou des chanteuses. Mrs Trane avait la cinquantaine. Elle était petite, menue et avait une voix trop aiguë pour plaire.

— Vous devez être trempées dit-elle en les priant d'entrer mais elle s'aperçut que les deux femmes n'avaient pas ouvert leur parapluie.

— La pluie s'est arrêtée lorsque nous sommes descendues de voiture, répondit Emma alors qu'elle dirigeait son regard vers le vaste escalier en bois.

— Entrez. Entrez vite, répondit Mrs Trane qui ne semblait pas comprendre comment une pluie aussi terrible avait pu s'arrêter ne serait-ce que quelques instants.

— Merci de nous recevoir.

— C'est tout naturel. Je n'aimerais pas être dehors par un temps pareil.

Sur le seuil de la porte menant au salon, apparut un homme. Les deux étrangères suivirent leur hôte dans une grande pièce où flambait un bon feu de cheminée. Au-dessus, le portrait d'un homme accompagné de son chien lorgnait les deux femmes avec hauteur et mépris.

— Mon ancêtre, Lord Eggleton, reprit Mrs Trane qui semblait enfin reconnaitre Emma. Ne seriez-vous pas la romancière ?

Emma la regarda avec un large sourire mais ne répondit pas. Elle tourna à nouveau son regard vers le tableau.

— Il semble avoir été un homme redoutable.

— C'est exact. Mais il a trouvé plus fort que lui. Il est mort ici même. Enfin dans sa chambre, à l'étage. À la suite d'un duel avec un jeune homme.

— Pourrions-nous voir cette chambre ?

Mrs Trane était ravie et ne semblait pas être choquée par cette demande farfelue. Cette femme avait la réputation d'écrire sur des faits divers et elle avait des tas d'histoires à lui raconter. Peut-être qu'elle finirait même par citer son nom dans un de ses livres. Cela ferait une bonne publicité. Depuis la crise de 29, elle avait dû abandonner son train de vie et transformer sa maison ancestrale en maison d'hôte. Ses ancêtres devaient se retourner dans leur tombe.

— Avec plaisir.

Elles montèrent les premières marches de l'escalier avant de croiser un autre portrait.

— Encore lui mais beaucoup plus jeune. Et là ce sont mes parents et ma tendre sœur chérie qui est partie trop tôt.

Elles arrivèrent à l'étage quand la lumière s'éteignit. Ann agrippa le bras de son amie.

— Ne vous inquiétez pas mes chères. Je vais allumer les bougies. J'en laisse toujours ici. Le courant est très capricieux dans cette vieille demeure.

Elle fit craquer une allumette qui ne prit pas. A la deuxième tentative, la lueur d'une bougie donna à ce palier des allures de manoir hanté.

— Savez-vous que l'on dit que mon aïeul joue ce genre de petits tours aux nouveaux arrivants ?

— Vraiment ? Je trouve cela excitant répondit Emma qui sentit la main d'Ann s'enfoncer plus profondément dans sa chair. Contrairement à mon amie.

— J'ai l'impression qu'une fenêtre est restée ouverte car je sens un vent frais le long de mes jambes lança Ann.

— C'est le fantôme ma chère. Je ne me permettrais pas de laisser une fenêtre entrebâillée par un temps pareil.

— Un fantôme ?

— Le fantôme de mon aïeul. Vous devez être très réceptive. Si vous n'étiez pas si pressées je vous aurais conviées à une séance de spiritisme.

— Vous êtes donc amatrice de ce genre de passe-temps Mrs Trane ?

— Ce n'est certainement pas un passe-temps ma chère. Je crois pouvoir vous faire confiance. Après tous les ouvrages que j'ai lus de vous, je considère que vous avez l'esprit bien assez ouvert pour me comprendre.

— Seriez-vous médium ?

— Bien plus que cela.

— C'est-à-dire ?

— Si vous connaissiez l'histoire de ma famille, vous comprendriez, dit-elle en ouvrant la porte d'une chambre mansardée.

Une odeur de renfermé assaillit l'atmosphère. Les trois femmes pénétrèrent dans la pièce. Ann toujours collée à son amie. La chambre était plutôt grande. D'un côté de la fenêtre à croisillons, il y avait un énorme coffre et de l'autre une armoire qui semblait sur le point de s'effondrer. Un lit étroit occupait un renfoncement et la lumière vacillante de la bougie n'était pas suffisante pour l'apercevoir entièrement. Pourtant, une ombre semblait attendre là. Ou était-ce un vieux mannequin poussiéreux qu'une couturière utilisait pour retoucher les tenues de sa maîtresse ?

— J'ai entendu parler d'une certaine Mary Eggleton. Seriez-vous parente ?

— Tout à fait ! s'exclama-t-elle ravie. Je me doutais bien que vous feriez le rapprochement.

— Elle a été poursuivie pour sorcellerie.

— Et a fini sur le bûcher. La pauvre femme.

— Auriez-vous hérité de ses dons ?

— J'ose rarement en parler. Les temps ont changé mais ce genre de vérités est encore mal perçu. Cependant, j'ai en effet hérité de ses dons de sorcellerie. Je me considère, tout comme le furent ma mère, ma sœur et toutes les femmes de la lignée, comme une véritable sorcière. Est-ce la première fois que vous en rencontrez une ?

— Oui.

— Ne soyez pas troublée. Ce que racontent certains livres sur le sujet est loin de la vérité. Et vous voyez comme je n'ai aucune verrue hideuse ou de nez difforme.

— Quels sont donc les pouvoirs d'une sorcière ?

— Nous sommes avant tout guérisseuses. Et nous ressentons les âmes égarées qui recherchent la paix. Vous parliez d'un vent frais ma chère. Sachez donc que feu Lord Eggleton est ici avec nous. Ann regarda au fond de la pièce, essayant de percer l'obscurité. Une ombre se détacha alors du fond de l'alcôve et vint se poster tout près d'elle.

— Si cette mégère pouvait me voir, elle ne serait pas restée ici bien longtemps.

La voix d'un homme éclata comme le tonnerre dans la pièce mais qui pouvait l'entendre ?

— Si je pouvais lui tordre le cou pour tous les mensonges qu'elle raconte. Regardez-là. Comment pourrait-elle être une sorcière ? Elle est comme sa mère. Une garce.

— L'histoire de votre famille dot être passionnante.

— Passionnante, c'est le mot.

Lord Eggleton profitait de cet auditoire même si personne ne semblait pouvoir lui répondre.

— Vous pourriez probablement être une source inépuisable pour la rédaction d'une œuvre.

— J'en serais ravie, dit-elle en se tournant pour sortir.

Un courant d'air fit claquer la porte. Mrs Trane recula, la main crispée sur son cœur. Mais elle se ressaisit aussitôt et tendit la main vers la poignée. Elle essaya d'ouvrir la porte mais elle restait bloquée. Elle essaya de nouveau et finit par utiliser ses deux mains pour tirer sur la poignée avec force. Rien ne se produisit.

— Ne vous inquiétez pas dit-elle d'une voix tremblotante. Il arrive que cette vieille demeure soit capricieuse.

— C'est ça, capricieuse. C'est le mot juste. Tu as passé ta vie à torturer ta sœur par tes caprices. Alors vieille folle, tu n'uses pas de tes pouvoirs pour ouvrir cette porte ? Si vous pouviez savoir chères demoiselles quelle femme coriace vous avez en face de vous. Elle a beau se comparer à Mary, elle ne lui arrive pas à la cheville.

Il s'approcha d'elle et l'effleura presque. Il agita ses mains pour essayer de l'attraper mais c'était peine perdue. Aucun fantôme ne parvenait à cela. Et ce n'était pas fort d'avoir essayé. Il recula pour la regarder et éclata d'un rire si féroce qu'il faillit s'étouffer. Le visage de Mrs Trane pâlissait à vue d'œil. Elle se contorsionnait pour donner plus de prises à ses mains sèches. Les murs vibraient à force de persévérance mais la porte restait close. Elle tambourina alors à celle-ci pour appeler à l'aide. Elle n'en était plus à essayer de dissimuler ce ridicule manque de pouvoir. Une peur montait en elle. Plus puissante que l'orgueil. Son cœur était prêt à éclater. Allait-elle mourir, ici, devant des inconnues ? Un dernier sursaut et son élan la fit projeter en arrière quand la porte s'ouvrit brusquement. Emma la rattrapa de justesse. Il lui fallut un petit moment pour récupérer ses esprits. Sur le seuil de la porte, son mari la regardait. Que pensait-il ? Qu'un sorcier plus puissant avait réussi à la battre ?

— Mon Dieu, fit-elle. Il est visiblement très en colère. Probablement parce que je vous ai permis de pénétrer dans sa chambre.

— Que se passe-t-il Alicia ? demanda l'homme une main posée sur une canne en bois.

— Rien mon cher. Des forces obscures agitées par cet orage. Mais je maîtrise. Je maîtrise.

Elle répéta ces mots pour contenir la frayeur qui tambourinait au fond de son cœur.

— J'espère que cette expérience ne vous a pas traumatisées dit-elle en se retournant vers les deux jeunes femmes.

Emma se colla au chambranle de la porte pour sortir. Mrs Trane la regarda perplexe. Ce mouvement lui rappelait Bastet quand elle l'avait forcé à pénétrer dans cette chambre. Il avait senti une odeur et s'était enfui à reculons. Emma remarqua son regard. Ils redescendirent silencieusement. Ann sentait ce vent frais la poursuivre. Une exclamation de surprise résonna dans la maison pour ceux qui pouvait l'entendre. « *Je peux enfin sortir de cette maudite chambre* » disait-elle. Lord Eggleton tourna sur lui-même. Avait-il réussi lui-même ce prodige ? La colère lui avait-elle donné des ailes ? Il descendit en courant, relevant la tête à la recherche de son ancienne demeure désormais si différente. Il regarda droit devant lui. Elle était là assise, le visage si pâle. Bastet à ses côtés. Emma s'approcha d'un chat roux trop maigre pour ne pas être affamé. Elle lui sourit et se pencha en avant comme pour lui murmurer quelque chose.

— Méfiez-vous de lui. Je le garde par respect pour ma sœur mais cette créature a quelque chose de diabolique.

— J'aime trop les chats pour les considérer comme tels. Et d'ailleurs, ne sont-ils pas les compagnons fidèles de toutes sorcières dignes de ce nom ?

— Je vous l'ai dit. Il faut se méfier de certaines idées bien ancrées.

— Abby, ma pauvre Abby. Dans quel tourment t'ont-ils enfoncée ?

Lord Eggleton s'approcha d'elle et lui tendit la main. Elle leva les yeux, surprise de pouvoir enfin trouver une compagnie.

— En arrivant, j'ai remarqué deux rosiers entrelacés derrière la maison.

Ann fixa Emma. Elle lui rendit son regard avec malice. Elles n'avaient pas contourné la maison. Comment aurait-elle pu voir ces rosiers.

— Vous vous trompez ma chère. Il y a deux rosiers qui longent les tombeaux de ma sœur et de mon aïeule mais ils ne sont pas entrelacés.

— J'ai pourtant cru les voir. Les racines semblent avoir creusé un tunnel. Comme si elles cherchaient à passer sous la maison.

Mrs Trane ne semblait plus si enchantée par cette rencontre. Elle avança vers le téléphone.

— Il est sans doute l'heure pour vous d'appeler votre ami pour qu'il vienne vous chercher.

Emma regarda Ann qui la lâcha pour aller téléphoner.

— Je suis de mon côté ravie d'avoir pu voir tout ceci. Notre pays regorge de tant d'histoires étranges. On me racontait dernièrement comment une femme avait empoisonné sa sœur en lui inoculant le tétanos. Tous les soirs, elle se faufilait dans sa chambre et la piquait avec un outil souillé. La pauvre femme n'a pas seulement souffert mille maux mais elle a été accusée de démence. Le médecin a fini par convaincre leur notaire que cette femme se blessait elle-même. Tout cela pour récupérer quelques milliers de livres. Le monde est si cruel dit-elle en se penchant vers Bastet. Je suis venue te chercher mon ange. N'est-ce pas Abby ?

Emma prit délicatement le chat dans ses bras et se dirigea vers la porte. Un rire franc résonna dans la maison. Et pour une fois, chacun put l'entendre. Sous la maison, quelque chose tremblait. Comme si un énorme serpent se faufilait sous elle. Une fissure commença. Puis une autre. Emma était déjà dehors et Ann lança un dernier regard vers les deux personnes ébahies.

— C'est toi qui a fait tout ça. La voiture en panne, la porte.

— Elle me l'a demandé.

— Qui ? Abby ?

— Oui. Abby. Il lui a fallu du temps pour réaliser ce que lui avait fait sa sœur et son beau-frère. Maintenant que j'ai libéré Lord Eggleton, elle ne sera plus seule. N'est-ce pas merveilleux Bastet ? dit-elle en effleurant de ses lèvres le pelage du chat. ∎

OLIVIER MORGADES

Image du passé

J'habite en Charente-Maritime, non loin de La Rochelle (France). J'ai quatre enfants, âgés de quatre à vingt ans. J'enseigne à des élèves âgés de six ans à huit ans dans l'école dont je suis le directeur.

Je participe depuis environ une année à des appels à textes et concours d'écriture. J'ai publié à compte d'auteur un roman (western).

Ecrire est avant tout un plaisir. Mais c'est aussi une manière de me vider l'esprit des contraintes et du stress qu'impose le quotidien. Et quand je participe à des concours, écrire devient un challenge que j'apprécie de relever.

Le reste du temps, je fais du sport, je bricole et jardine, et m'occupe de ma famille.

Image du passé (3ᵉᵐᵉ place du concours)

C'était en 1985. Le Mambo du décalco de Gotainer, sorti trois ans plus tôt, passait encore régulièrement sur les ondes. Lorsque la radio diffusait cette chanson, nous suppliions nos parents de ne pas changer de fréquence, même si le refrain que mes frères et moi chantions en boucle à tue-tête les rendait chèvres. Ce morceau fut pour nous trois le détonateur de notre passion pour les décalcomanies que l'on trouvait, entre autres, dans les Malabars.

J'avais dix ans, comme dans la chanson de Souchon. Le monde était à moi. Les bombecs, les sucreries, les chocolats, les pâtisseries que vendaient le confiseur et son voisin pâtissier faisaient leur fortune et nous niquaient les dents. Renaud dans son Mistral Gagnant le chantait très bien. Le dentiste se frottait les mains. Nos parents mélomanes, à chaque retour du cabinet, sifflotaient au volant l'air de *Fais pas ci, fais pas ça* de Dutronc : à nous de nous laver les dents plus souvent et plus longtemps que les interminables trente secondes que nous y consacrions deux fois par jour, les bons jours. Gencives enflées et bouches charcutées après le traitement sadique du dentiste, nous restions silencieux, conscients que nous payions le prix de notre désobéissance, à la manière du Petit Chaperon rouge dans un autre registre.

De tous les bonbons que je dévorais pendant cette période dorée et insouciante de l'enfance, les Malabars étaient de loin mes préférés.

Profiter d'un Malabar relevait du rituel : d'abord l'acheter (pour cela nous connaissions par cœur, mieux que les leçons de *Sacré Charlemagne* chanté par France Gall, les jours et horaires d'ouverture du confiseur et de la boulangerie) seul ou par lot ; les jours froids, le garder au creux de la main pour l'attendrir en le réchauffant ; humer le papier d'emballage qui laissait doucement passer le parfum de la gomme ; l'ouvrir avec précaution pour ne pas déchirer la décalco ; engouffrer la gomme rose et la mordre férocement de toutes nos molaires ; en extraire le goût inimitable ; mâchouiller et faire d'énormes bulles ; en prendre un deuxième pour ne pas perdre la saveur qui finissait malheureusement par s'estomper.

Mais à vrai dire un Malabar n'était jamais fini tant que nous n'avions pas imprimé son tatouage sur notre peau. Il en existait de toutes sortes : espions, héros et héroïnes de BD et leurs onomatopées reprises dans *Comic strip* par Gainsbourg, animaux fantastiques, personnages de dessins animés et j'en passe et des meilleurs. Nous comparions, parfois nous échangions nos décalcos avec les camarades, et amoureusement nous les transférions - eau, éponge, patience et doigté - sur nos bras qui gagnaient alors en force : nos biceps tatoués faisaient de nous des Hulk furieux.

Ce jour-là, quand sur le chemin de la maison après la classe j'ouvris l'emballage et que je vis l'image, je m'arrêtai de marcher. J'en oubliai même de fourrer dans ma bouche le Malabar. Car ce tatouage personne ne l'avait jamais vu avant moi, j'en étais sûre. Il différait complètement des autres. D'abord, le papier était plus grand que celui des décalcos habituelles. Ensuite le dessin était plus fin, plus net, plus précis que celui de la plus belle case d'une planche de Boule et Bill. Des silhouettes de sapins et celle d'une cabane à la vitre éclairée remplissaient l'arrière-plan. Au premier plan une sorcière illuminée par un large croissant de lune situé dans le coin en haut à gauche paraissait vivante et me regardait de ses yeux maléfiques - des yeux autrement révolvers que ceux du titre de Lavoine. Ses cheveux hirsutes, son sourire édenté, sa peau craquelée et vérolée rajoutaient à son air cruel.

Mes jeunes frères m'interrogèrent. Je leur montrai le dessin en leur interdisant auparavant d'y toucher. Tête contre tête, nous observions tous trois la décalcomanie.

Tout de suite ils la voulurent. Ils promirent de m'acheter tous les Malabars de la Terre et même les usines qui les fabriquaient. En gage de bonne volonté ils me tendirent la gomme qu'ils mâchouillaient, suppliants. Bien sûr je refusai, trop heureuse de posséder un si rare trésor.

Avant le dîner, je les informai que j'allais transférer le tatouage. Ils cessèrent leurs jeux et me suivirent en catimini jusque dans la salle de bain où, avec une loupe digne de celle de L'inspecteur Gadget, nous appréciâmes au mieux et dans tous ses détails l'image encore sur son support papier. Il nous fallut plusieurs minutes pour sortir de notre fascination.

L'opération commença. Religieusement, mon plus jeune frère passa l'éponge sous l'eau juste tiède puis l'essora afin qu'elle fût humide à souhait. Mon autre frère apposa le tatouage à l'endroit que je lui indiquai et l'y maintint consciencieusement. A tour de rôle ils passèrent doucement l'éponge sur le verso de l'image. Nous attendîmes le temps nécessaire. Cœur battant, de peur que le tatouage fût fripé ou déchiré, ratatiné ou déformé, je me chargeai de solennellement retirer le papier.

Le résultat était splendide. Mes frères firent des Ahhh ! et des Ohhhh ! et des Waou ! d'extase. Je me permis un de mes premiers gros mots tant j'étais contente. J'admirai mon bras dans le miroir, y fis jouer mes frêles biceps. J'ordonnai à mes frères de jurer de taire ce tatouage aux parents, qui l'auraient sinon frotté jusqu'à ce qu'il disparût. Ils promirent. Nous passâmes à table tels des conspirateurs détenteurs d'un secret inavouable.

Après le repas, mes frères me rejoignirent dans ma chambre. Ils me montrèrent leur nouveau tatouage : pour l'un, une espèce de baroudeur digne de L'aventurier d'Indochine ; pour l'autre une sorte d'Humanoïde velu, entre Capitaine Caverne et Chewbaka, cousin lointain du gorille de Brassens.

Malgré l'application certaine dont ils avaient fait preuve, leurs tatouages paraissaient bien fades comparés au mien. Dans leurs yeux se lisaient une certaine jalousie et une envie de Docteur Maboul prêt à me trancher le bras et à s'enfuir avec ce trophée tatoué.

Nous inventâmes une histoire : le baroudeur tentait de chasser ma sorcière, qui en retour lui lançait un sort qu'il évitait adroitement. Le sort rebondissait sur un sapin et atteignait Chewbaka en plein front. Il se mettait alors à marcher comme un pingouin tandis que tout son pelage tombait et qu'il lançait des meuglements aigus traduisant son amour pour ma sorcière. Nous rigolions à en avoir mal au ventre tant cette histoire était loufoque. Peu de temps après nous entendîmes le « *Cinq minutes !* » que nos parents lancèrent en bas des escaliers, signal du coucher prochain.

Rapidement mon frère à L'Humanoïde se rapprocha de moi. Epaule contre épaule il mit en contact nos deux tatouages et mima un baiser pour clore l'histoire.

Alors, après un flash multicolore, le monde changea. Je me retrouvai dehors, désorientée. L'horizon était barré d'une ligne de hauts sapins au pied desquels se dressait une cabane, la cabane à la vitre éclairée. La lune brillait de son épais croissant et quelques oiseaux de nuit lançaient leurs hululements. Mon frère se tenait à quelques mètres de moi. Quand il se tourna de mon côté et me regarda, je crus que ses yeux allaient sortir de leur orbite. Quant à moi, je partis en un fou rire incontrôlable : ses cheveux avaient muté en longs poils soyeux et recouvraient tout son corps. Ils dépassaient de ses vêtements et le rendaient tellement ridicule ! Il voulut me parler, seuls des meuglements désespérés sortirent de sa bouche. Mon rire résonna de plus belle dans la nuit. Un rire que je n'avais jamais produit auparavant. Un rire de quoi ? Un rire de ? Mais oui, un rire de sorcière qui aurait fait pâlir de jalousie Cruella dans les 101 Dalmatiens. Je regardai mes mains : recroquevillées sur le manche du balai, elles étaient pleines de pustules prêtes à éclater ; je touchai mes vêtements : ma robe noire était percée de trous et déchirée en maints endroits ; je passai mes mains sur mon visage : j'en découvris toute l'âpreté et toutes ses verrues ; je frottai mes cheveux : j'en retirai une kyrielle de blattes, cafards et poux qui s'agitaient dans ma paume et me donnèrent des haut-le-cœur.

—Tout ça c'est à cause de toi et de ton histoire débile, hurlai-je à mon monstre poilu de frère. Regarde ce que tu as fait de moi !

—Meu meuh meuhh !

—Quoi meu meuh meuhh ? rigolai-je malgré moi tant il paraissait stupide. Et comment va-t-on faire maintenant ?

—Meu meuuuh meuh ! répondit-il en se rapprochant de moi bras tendus.

—Garde tes distances ou tu auras affaire à moi ! dis-je à la manière d'un super-héros.

Mon avertissement ne servit à rien. Il lança un Meuhhhhhhhhh ! retentissant et poursuivit son approche. Je sortis ma baguette magique et lançai une formule tout en agitant le bâton de bois. D'où connaissais-je la formule et sa gestuelle, je ne saurais le dire. Je la connaissais comme si j'avais toujours été sorcière, c'est tout.

Chewbaka, derrière sa toison, paraissait bien maladroit. Pourtant il évita mon sort. Il poursuivit son approche. Ma baguette ne s'était cependant pas encore suffisamment rechargée pour un nouveau sort. Je n'eus qu'une seule alternative : la fuite. Mais ce stupide singe réussit à agripper mon balai au moment où je décollais. Il se tenait suspendu sous moi et relevait ses jambes chaque fois que je tentais de lui faire percuter le sol ou la cime d'un arbre ou un rocher pour me débarrasser de lui. Quand toute l'énergie de mon balai qui devait supporter nos deux corps fut épuisée, nous évitâmes de justesse le crash.

Je descendis du balai plus vite que *La fille du coupeur de joints* de Thiéfaine de sa montagne et tentai de relancer un sort. Un Clac ! puissant interrompit mon geste. Mon autre frère, dans ses habits de Bob Morane, venait de briser ma baguette à l'aide de son fouet à la Indiana Jones. J'en devins folle de rage et lançai mes incantations contre mes deux frères, actes possibles même sans baguette, mais moins efficaces et demandant plus de temps de préparation. Or, du temps, j'en avais devant moi au moins autant que la *Cendrillon* de Téléphone. Mon premier sort percuta ce Chewbaka qui me tenait lieu de frère : ses poils poussèrent à n'en plus finir, ce qui me rappela les Dupondt dans *Tintin au pays de l'or noir*. Il s'emmêla les pieds et tomba dans l'herbe humide quand il voulut avancer. Mon second sort était pour Bob Morane : il était tellement beau que je voulais qu'il tombât amoureux de moi comme Ken de Barbie. Je lâchai ma formule, mais Chewbaka se releva et eut le réflexe de se placer devant Bob pour le protéger. Il reçut ma formule magique à la place de mon aimé et devint encore plus fou de moi, courant à ma suite - et se vautrant lamentablement - en meuglant des Meuh ! à toutes les sauces : longs, aigus, graves, pathétiques, fondants, horripilants, doux, etc. Je filai vers ma cabane en Lego, tandis que le rire limpide et masculin de ce playboy de Bob Morane, amusé par la scène, résonnait dans mes oreilles.

Je verrouillai la porte et mélangeai mes potions, mes philtres, mes poudres en psalmodiant toute une série d'incantations ésotériques qui auraient pu sans conteste accompagner *Hells Bells* d'AC/DC que notre père aimait écouter en boucle. Mon chat, plus moche et bien plus vicieux qu'Azraël, le chat de Gargamel, me regardait de ses yeux plissés.

Chewbaka frappait de l'épaule la porte qui émit quelques craquements inquiétants. Heureusement, mes mélanges de petit chimiste étaient prêts. J'ouvris en grand au moment où l'homme-singe allait une fois de plus la percuter de son épaule velue. Il tomba à terre et mangea la poussière comme les méchants dans Lucky Luke. Je versai sur son corps une bonne dose de ma potion.

Je devais maintenant attirer Bob Morane, mais n'en eus pas besoin : dans mon dos se fit entendre le plus formidable des fracas. Mon bel héros venait de tomber dans la marmite qui chauffait en continu sur mon feu de cheminée, après avoir voulu entrer dans la cabane comme le loup des *Trois petits cochons*. Je courus vers lui et avant qu'il n'eût le temps de sortir de la marmite dont le contenu lui chauffait l'arrière-train, fis couler sur sa tête mon liquide magique.

Tous deux étaient désormais à ma merci. Comme Le Joker avec ses ennemis, je n'aurais pas de pitié. Je devais agir vite car ma potion d'immobilisation, dont j'avais vidé tout le contenu de ma fiole, n'agissait que quelques courtes minutes. Je tirai Bob de la marmite et l'allongeai à côté de Chewbaka dont je coupai les poils du bras à l'aide d'une faucille qui aurait fait rougir d'envie Panoramix, puis frottai énergiquement son tatouage qui dans ce monde le représentait sous ses traits humains. Quand tout le dessin fut effacé, l'homme-singe disparut dans un Pop ! semblable à celui d'une télévision - ces télévisions à tube cathodique - lorsqu'on l'éteint.

Je m'occupai ensuite de Bob : je devais simplement étaler sur le tatouage le représentant dans sa vraie vie quelques gouttes d'une secrète composition de mon invention. Il resterait alors prisonnier en ce lieu et partagerait sa vie avec moi. Mais l'effet de la potion s'estompait déjà : il sortit de son immobilisation, roula sur lui-même, se releva, passa prestement dans mon dos, enroula ses bras autour de ma gorge pour m'empêcher de formuler un sort ou une formule magique, m'étranglant à moitié. Quand il me relâcha suffocante, j'aspirai l'air à grandes goulées, tentant de réfléchir à la suite, mais Bob, ce beau Bob Morane dont je ne sus prendre le cœur, vint se placer sur le côté de mon corps, bras contre bras, tatouage sur tatouage.

La magie fonctionna dans l'autre sens. Après le flash nous devînmes translucides. Mon cri de rage se perdit dans la nuit et dans l'entre-mondes, tandis que formes et couleurs reprenaient leurs places comme dans un Rubik's Cube reconstitué.

Je me réveillai le lendemain matin complètement déboussolée. Les souvenirs déferlèrent et me laissèrent pantoise. Je relevai la manche de mon haut de pyjama. Sur mon bras le tatouage de la sorcière que j'étais devenue le temps d'une nuit avait disparu. A la place ne subsistait qu'une trace qu'on aurait pu prendre pour une brûlure, une dépigmentation ou une tache de naissance. En y regardant de près je devinais pourtant la silhouette estompée de la sorcière.

Mes frères étaient dans le même état que moi et avaient chacun le bras marqué de leur propre silhouette.

Je n'ai jamais su d'où provenait l'image de ce Malabar, ni pourquoi elle me fut échue, ni quel était son rôle. Ni moi, ni mes frères, ni nos amis n'en trouvèrent de similaires. Aujourd'hui encore, quand nous en reparlons, nous sommes incapables d'éclaircir le mystère de cette étrange nuit pendant laquelle nous nous vîmes personnages à la fois fictifs et réels.

Il m'arrive de temps en temps d'acheter des Malabars. Je regarde alors à chaque fois l'image avec un pincement au cœur, nostalgique des sensations de cette enfance qui nous permet de croire tout ce qu'on veut et fait passer nos rêves pour la réalité. ■

© 2023 asbl PLAY AGAIN

Édition : BoD – Books on Demand, info@bod.fr

Impression : BoD – Books on Demand, In de Tarpen 42,

Norderstedt (Allemagne)

Impression à la demande

Illustration et mise en page : Play Again asbl

https://www.play-again.be

ISBN : 978-2-3221-8692-1

Dépôt légal : mars 2023